Selma Lagerlöf

Eine Herrenhofsage

Roman

Übersetzt von Pauline Klaiber-Gottschau

Selma Lagerlöf: Eine Herrenhofsage. Roman

Übersetzt von Pauline Klaiber-Gottschau.

En herrgårdssägen. Erstdruck: 1899. Hier in der Übersetzung von Pauline Klaiber-Gottschau. Auch erschienen unter dem Titel »Eine Gutsgeschichte«.

Neuausgabe
Herausgegeben von Karl-Maria Guth
Berlin 2016

Umschlaggestaltung von Thomas Schultz-Overhage unter Verwendung des Bildes: Alvar Cawén, Blinder Musikant, 1922

Gesetzt aus der Minion Pro, 11 pt

Verlag: Henricus - Edition Deutsche Klassik GmbH
Mörchinger Str. 33, 14169 Berlin, info@henricus-verlag.de
Druck: Libri Plureos GmbH, Friedensallee 273, 22763 Hamburg

ISBN 978-3-8430-9293-7

Bibliografische Information der Deutschen Nationalbibliothek

Die Deutsche Nationalbibliothek verzeichnet diese Publikation in der Deutschen Nationalbibliografie; detaillierte bibliografische Daten sind im Internet über www.dnb.de abrufbar.

1.

Es war ein schöner Herbsttag Ende der dreißiger Jahre des neunzehnten Jahrhunderts. Zu jener Zeit stand in Upsala ein hohes, gelbes, einstöckiges Haus merkwürdig einsam draußen vor der Stadt auf einer kleinen Wiese. Es war eigentlich ein häßliches, wenig einladendes Haus, aber es wurde verschönt durch eine Fülle von wildem Wein, der daran hinaufwuchs und auf der Sonnenseite an der gelben Mauer so hoch hinaufkletterte, daß er um die drei Fenster im oberen Stockwerk einen dichten Rahmen bildete.

In einem Zimmer hinter einem dieser von Ranken umsponnenen Fenster saß ein Student und trank seinen Morgenkaffee. Er war ein hübscher, großer Mensch von feinem Aussehen. Sein lockiges Haar war von der Stirne keck zurückgestrichen und eine Locke fiel ihm immer wieder auf die Stirne herein. Er trug einen bequemen, losen Anzug, war aber doch ziemlich elegant.

In seinem Zimmer war es sehr hübsch; es gab ein gutes Sofa und gepolsterte Stühle, einen großen Schreibtisch und prächtige Bücherbretter, aber fast keine Bücher.

Der junge Herr war mit seinem Kaffee noch nicht fertig, als ein Student bei ihm eintrat. Dieser war von ganz anderem Schlag, ein kleiner, breitschulteriger Mensch, untersetzt und kräftig, häßlich, mit einem großen Gesicht, dünnem Haar und grober Haut.

»Du, Hede«, sagte er, »ich komme, um ein ernstes Wort mit Dir zu sprechen.«

»Ist Dir etwas Unangenehmes passiert?«

»O nein, durchaus nicht«, sagte der andere. »Es handelt sich eher um Dich.« Er schwieg eine Weile und sah vor sich hin. »Es ist verdammt widerwärtig, es zu sagen.«

»Dann schweige«, schlug Hede vor. Bei dem feierlichen Ernst des anderen war es ihm ganz lächerlich zu Mute geworden.

»Das kann ich eben nicht länger«, sagte der Gast. »Ich hätte schon lange sprechen sollen, aber es paßt sich so wenig für mich, verstehst Du? Ich kann den Gedanken nicht los werden, daß Du im Stillen sagen könntest: Sieh da, der Gustav Alin, er ist der Sohn eines unserer Häusler und denkt nun, er sei so groß geworden, daß er mich hofmeistern könne.«

»Aber, liebster Alin, glaube doch ja nicht, daß ich so etwas denken würde! Mein Großvater war doch ein Bauernsohn.«

»Ja, aber daran denkt jetzt niemand mehr«, sagte Alin. Schwerfällig und unbeholfen saß er vor Hede und fiel mit jedem Augenblick mehr in seine bäuerische Manier zurück, gleich als ob ihm das aus seiner Verlegenheit helfen könnte.

»Siehst Du, wenn ich bedenke, welch ein Unterschied zwischen Deiner und meiner Familie ist, dann ist es mir, als sollte ich schweigen, wenn es mir dann aber einfällt, daß es Dein Vater war, der mir seinerzeit zum Studieren verhalf, dann fühle ich, daß ich reden muß.«

Mit einem schönen Ausdruck in den Augen betrachtete ihn Hede.

»Sprich nur«, sagte er, »damit Du Deine Sorge los wirst.«

»Ja, siehst Du«, sprach Alin wieder, »ich habe gehört, daß Du nichts arbeitest. Es heißt, Du habest in den vier Semestern, die Du nun auf der Universität bist, kaum ein Buch aufgemacht. Du tust nichts weiter, als den lieben langen Tag auf der Geige spielen, und das kommt mir gar nicht unglaublich vor, denn Du tatest ja auch früher schon, als Du noch auf der Schule in Falun warst, nichts anderes, obgleich Du damals gezwungen warst, zu arbeiten.«

Hede richtete sich ein wenig steif auf in seinem Stuhl. Alin fühlte sich immer unglücklicher, aber mit zäher Entschlossenheit fuhr er fort:

»Du denkst wahrscheinlich, wer einen Hof besitze wie Munkhyttan, der dürfe tun, was ihm beliebe, er dürfe arbeiten, wenn er wolle, und es lassen, wenn er wolle. Macht er ein Examen, ist es gut, macht er keins, ist es beinahe ebensogut; denn Du willst ja jedenfalls doch nichts anderes werden als ein Gutsherr und Dein ganzes Leben lang auf Munkhyttan verbringen. Ja, ich begreife recht wohl, daß Du so denkst.«

Hede schwieg, und Alin schien er diesem Augenblick von derselben Mauer von Vornehmheit umgeben, die in Alins Augen seinen Vater, den Herrn Bergrat, und die Frau Bergrätin, seine Mutter, immer umgeben hatte.

»Aber, siehst Du, Munkhyttan ist nicht mehr dasselbe Gut wie früher, wo die Eisengrube noch reiche Ausbeute gab«, fuhr er vorsichtig fort. »Das wußte der Herr Bergrat auch recht gut, und deshalb bestimmte er vor seinem Tod, daß Du studieren solltest. Die Frau Bergrätin weiß es auch, die Ärmste, und das ganze Kirchspiel weiß es. Der einzige, der nichts davon weiß, bist Du, Hede.«

»Meinst Du, ich wüßte nicht, daß die Eisengrube erschöpft ist?« sagte Hede ein wenig gereizt.

»Ach nein«, sagte Alin, »das weißt Du natürlich, aber was Du nicht weißt, ist, daß es mit Eurem ganzen Besitztum vollständig aus ist. Denke selbst darüber nach, dann wirst Du einsehen, daß man drüben in Westdalarne nicht vom Ackerbau allein leben kann. Ich begreife nicht, warum die Frau Bergrat Dir das verheimlicht hat. Aber sie hat mit Deinem Vater in Gütergemeinschaft gelebt, und deshalb braucht sie Dich in nichts um Rat zu fragen. Daheim aber weiß jedermann, daß es ihr recht knapp geht. Es heißt, sie fahre herum, um Gelder aufzunehmen. Sie hat Dich wohl mit ihren Sorgen nicht bekümmern wollen, sondern gedacht, sie wolle alles wie bisher im Gang erhalten, bis Du Dein Examen gemacht hättest, denn sie will das Gut nicht verkaufen, bis Du ausstudiert und ein neues Heim hast.«

Hede sprang auf und ging ein paarmal im Zimmer auf und ab. Dann blieb er vor Alin stehen.

»Aber Mensch! Was fällt Dir denn ein! Du willst mir ja weismachen, daß wir nicht reich seien!«

»Ich weiß wohl, daß Ihr bis vor kurzem für reich gehalten worden seid«, sagte Alin. »Aber Du begreifst doch wohl, daß es nicht reichen kann, wenn man nur immer ausgibt und nichts einnimmt. Als Ihr die Grube hattet, da war es etwas anderes.«

Hede setzte sich wieder.

Meine Mutter würde es mir doch gewiß mitgeteilt haben«, sagte er. »Ich bin Dir dankbar, Alin, aber Du hast Dich von einem leeren Gerede erschrecken lassen.«

»Ja, ich dachte es mir doch, daß Du nichts wüßtest«, sagte Alin eigensinnig. »Daheim auf Munkhyttan spart und arbeitet Deine Mutter, um Dir Geld nach Upsala schicken und es Dir in den Ferien daheim angenehm und behaglich machen zu können. Indessen aber lebst Du hier sorglos in den Tag hinein und tust nichts, weil Du nicht weißt, daß Gefahr im Anzuge ist. Ich konnte es nicht länger mit ansehen, wie Ihr beide Euch gegenseitig betrügt. Die gnädige Frau glaubt, Du studierst, und Du glaubst, sie sei reich. Nein, ich konnte es nicht länger mit ansehen, wie Du Dir Deine Zukunft zerstörst, ohne daß ich etwas sagte.«

Hede schwieg eine Weile und überlegte. Dann stand er auf und reichte Alin mit einem betrübten Lächeln die Hand.

»Ja, ich verstehe, daß Du die Wahrheit gesprochen hast, wenn ich Dir auch nicht glauben will. Ich danke Dir.«

Freudestrahlend schüttelte ihm Alin die Hand.

»O Hede, nichts ist verloren, wenn Du nur arbeitest! Mit Deinem Kopf kannst Du mit sieben bis acht Semestern fertig werden.«

Hede richtete sich auf. »Sei ganz ruhig, Alin«, sagte er, »ich werde jetzt sehr fleißig sein.«

Alin stand auf und ging nach der Tür, aber sehr zögernd. Ehe er sie erreicht hatte, wandte er sich wieder um, indem er sagte:

»Ich hatte auch noch ein anderes Anliegen.« Er wurde wieder unendlich verlegen. »Ich möchte Dich bitten, mir Deine Geige zu leihen, bis Du mit dem Studium ordentlich im Zuge bist.«

»Dir meine Geige zu leihen?«

»Ja, wickele sie in das seidene Tuch ein, lege sie in das Futteral und laß mich sie mitnehmen, sonst wird aus Deinem Studieren doch nichts. Ehe ich zur Türe hinaus wäre, würdest Du wieder zu spielen anfangen. Du bist nun so daran gewöhnt, daß Du der Lust nicht widerstehen könntest, wenn Du die Geige hier hättest, so etwas kann man nicht überwinden, wenn einem nicht jemand dazu hilft. Es raubt einem die Willenskraft.«

Hede wurde unwillig.

»Es ist ja Wahnsinn«, sagte er.

»Nein, es ist durchaus kein Wahnsinn. Du weißt wohl, daß Du es von Deinem Vater geerbt hast, das Musizieren liegt Dir im Blut. Und seit Du hier in Upsala Dein eigener Herr bist, hast Du nichts anderes getan. Du wohnst ja auch nur deshalb so weit hier draußen, um niemand durch Dein Spiel zu stören. In dieser Sache kannst Du Dir nicht selbst helfen. Laß mich die Geige also mitnehmen!«

»Ja, früher konnte ich allerdings das Geigen nicht lassen«, meinte Hede. »Aber jetzt gilt es Munkhyttan, ich liebe meine Heimat mehr als meine Geige.«

Aber Alin war ebenso eigensinnig und bat immer wieder um die Geige.

»Was würde es nützen?« sagte Hede. »Wenn ich spielen will, brauche ich nicht viele Schritte zu machen, um mir eine andere Geige zu borgen.«

»Das weiß ich wohl«, sagte Alin, »aber ich glaube nicht, daß Dir eine andere Geige so gefährlich ist. Die alte italienische Geige hier, sie ist die größte Gefahr für Dich. Und außerdem möchte ich Dir auch noch vorschlagen, Dich während der ersten Tage einschließen zu lassen. Nur, bis Du ordentlich im Zuge bist.«

Alin bat und bat, aber Hede wehrte sich dagegen. Auf so etwas Unvernünftiges wie Stubenarrest wollte er sich nicht einlassen. Da wurde Alin feuerrot.

»Ich muß die Geige haben, sonst nützt alles nichts«, sagte er eifrig und erregt. »Ich hatte die Absicht, nichts davon zu sagen, aber ich weiß, daß es sich für Dich um mehr handelt als nur um Munkhyttan. Im vorigen Frühjahr sah ich hier auf dem Promotionsball ein junges Mädchen, von dem man sagte, daß es mit Dir verlobt sei. Nun, ich tanze ja nicht, aber ich hatte meine Freude daran, als ich sah, wie sie im Tanze dahinflog und strahlte und leuchtete wie eine Lilie des Feldes. Und als ich hörte, daß sie mit Dir verlobt sei, tat sie mir leid.«

»Leid, warum?«

»Ach, ich wußte ja, daß nichts aus Dir werden würde, wenn Du so fortmachtest, wie Du begonnen hattest. Und da habe ich geschworen, daß das Kind nicht sein ganzes Leben lang auf einen warten soll, der niemals kommt. Sie soll nicht übrig bleiben und hinwelken, während sie auf Dich wartet. Ich will sie nicht in einigen Jahren mit spitzigen Zügen und tiefen Linien um den Mund wiederfinden.«

Er unterbrach sich. Hedes Blick hatte merkwürdig forschend auf ihm geruht.

Aber Gunnar Hede hatte verstanden, daß Alin seine Auserwählte liebte. Es rührte ihn tief, daß dieser unter solchen Verhältnissen ihn retten wollte, und unter dem Einfluß dieses Gefühls gab er nach und überließ dem Freund die Geige.

Als Alin gegangen war, studierte Hede eine Stunde lang wie ein Verzweifelter, dann aber warf er das Buch weg. Ja, das verlohnte sich, das Studieren! In drei bis vier Jahren würde er fertig sein, aber wer konnte ihm dafür einstehen, daß das Gut währenddem nicht verkauft werden mußte!

Beinahe mit Schrecken empfand er, wie sehr er den alten Hof liebte. Es war wie ein Bann; jedes Zimmer, jeder Baum tauchte vor ihm auf.

Nichts von allem konnte er entbehren, wenn er sich glücklich fühlen sollte.

Und da sollte er ruhig bei den Büchern sitzen, während es nahe daran war, ihm verloren zu gehen!

Mit jeder Minute wurde er unruhiger; er fühlte das Blut wie im Fieber an seine Schläfe pochen. Und dann war er ganz verzweifelt, daß er nicht nach der Geige greifen und sich zur Ruh' spielen konnte.

»Lieber Gott!« rief er. »Dieser Alin macht mich schließlich noch verrückt. Zuerst bringt er mir eine solche Nachricht, und dann nimmt er mir meine Geige! Ein Mensch wie ich muß in Freud und Leid einen Bogen zwischen den Fingern fühlen! Ich muß etwas tun, ich muß Geld schaffen, aber ich habe keinen Gedanken im Kopf; ohne Geige kann ich nicht denken!«

Hede war wütend darüber, daß er eingesperrt und auf seine Bücher angewiesen war. Es war ja Wahnsinn, ein langsames Studium fertig zu machen, während er doch Geld brauchte, Geld, Geld, Geld!

Das Gefühl, eingesperrt zu sein, wurde ihm unerträglich. Er war so böse auf Alin, der diese Torheit ausgedacht hatte, daß er fürchtete, er werde sich an ihm vergreifen, wenn er wiederkam.

Ja, freilich hätte er gespielt, wenn er die Geige gehabt hätte, aber das war es auch, was er brauchte! Sein Blut kochte ja vor lauter Erregung, so daß er wirklich nahe daran war, wahnsinnig zu werden – –

Gerade als Hede sich am allermeisten nach seiner Geige sehnte, kam ein herumziehender Spielmann vorbei, und begann drunten im Hof zu geigen. – Es war ein alter, blinder Mann, und er spielte falsch und ausdruckslos, aber Hede wurde von den Geigentönen, die gerade in diesem Augenblick zu ihm drangen, so gerührt, daß er mit Tränen in den Augen und mit gefalteten Händen lauschte.

Im nächsten Augenblick riß er das Fenster auf und kletterte an dem Gitter des wilden Weins hinunter in den Hof. Er machte sich kein Gewissen daraus, daß er die Arbeit im Stich ließ; es war ihm im Gegenteil, als sei die Geige nur deshalb gekommen, um ihn in seinem Unglück zu trösten.

Gewiß hatte Hede noch niemals um etwas so demütig gebeten, als wie er nun den greisen Blinden bat, er möge ihm seine Geige leihen. Er hielt die ganze Zeit seine Mütze in der Hand, obwohl der Mann stockblind war.

Der Alte schien nicht zu verstehen, was Hede wollte. Fragend wandte er sich an das Mädchen, das ihn führte. Hede verbeugte sich vor dem armen Kinde und wiederholte sein Begehren. Sie sah ihn an, wie die zu tun pflegen, die Augen für zwei haben müssen. Der Blick kam so sicher aus den großen, grauen Augen, daß Hede zu fühlen glaubte, wie er traf. Nun ruhte er auf seinem Hals und sah, daß er einen reinen Hemdkragen trug, nun sah er, daß der Rock gebürstet war, und nun, daß die Stiefel glänzend waren.

Noch nie war Hede einer solchen Prüfung unterworfen worden. Er sah deutlich, daß diese Augen ihn nicht erhören würden.

Aber es kam nicht so. Das Mädchen hatte eine ganz eigene Art zu lächeln. Ihr Gesicht war so ernst, daß man den Eindruck bekam, dies sei das erste und einzige Mal in ihrem Leben, wo sie froh aussah. Und nun flog eines dieser seltsamen Lächeln über ihr Gesicht. Sie nahm die Geige aus den Händen des Alten und reichte sie Hede.

»Spielen Sie den Walzer aus dem Freischütz«, sagte sie.

Es kam Hede sonderbar vor, daß er gerade in diesem Augenblick einen Walzer spielen sollte, aber im Grunde war es ihm ganz gleich, was er spielte, wenn er nur einen Bogen in die Hand bekam.

Das war alles, wonach er sich sehnte. Und die Geige begann auch sogleich, ihn zu trösten. Sie sprach zu ihm mit schwachen, schrillen Tönen. »Ich bin eine Bettelmannsgeige«, sagte sie, »aber so wie ich bin, bin ich Trost und Hilfe eines armen Blinden. Ich bin das Licht und die Farbe und der Glanz seines Lebens. Ich bin es, die ihn über Armut, Alter und Blindheit trösten muß.«

Hede fühlte, wie die entsetzliche Mutlosigkeit, die alle seine Hoffnungen niedergedrückt hatte, von ihm zu weichen begann. »Du bist jung und stark«, sagte die Geige zu ihm. »Du kannst kämpfen und ringen. Du kannst das festhalten, was Dir entfliehen will. Warum bist Du mutlos und traurig?«

Mit gesenkten Augen hatte Hede bisher gespielt, nun warf er den Kopf zurück und betrachtete so die ihn umgaben. Es war eine ordentliche Schar von Kindern und Vorübergehenden, die in den Hof hereingeströmt waren, um der Musik zuzuhören.

Aber sie waren nicht einzig und allein der Musik wegen gekommen; der Blinde und seine Begleiterin gehörten zu einer umherziehenden Truppe.

Gerade vor Hede stand ein Mann in Trikot und Goldflittern, die nackten Arme über die Brust gekreuzt. Er sah alt und abgeschafft aus, aber Hede erschien er mit seiner hochgewölbten Brust und seinem langen Schnurrbart wie ein wahrer Riese Goliath. Und daneben stand seine Frau, klein und dick und auch nicht besonders jung, aber strahlend glücklich über ihre Goldflitter und über ihre wogenden Florröcke.

Während der beiden ersten Takte standen die beiden still und zählten. Dann glitt ein huldreiches Lächeln über ihre Gesichter, sie reichten sich die Hände und begannen nun auf einem kleinen Flickenteppich zu tanzen.

Und Hede bemerkte, daß unter all diesen equilibristischen Kunststücken, die sie nun ausführten, die Frau beinahe still stand, während der Mann allein arbeitete. Er sprang über sie weg, wirbelte um sie herum und schlug Purzelbäume über sie. Die Frau aber tat fast nichts, als den Zuschauern Handküsse zu werfen.

Eigentlich aber dachte Hede nicht viel an diese beiden. Sein Bogen flog nun über die Saiten. Er sagte ihm, daß im Kämpfen und Erobern ein Glück liege, ja, er wollte ihn beinahe glücklich preisen, daß für ihn alles auf dem Spiele stehe. Und Hede spielte und spielte sich selbst Mut und Hoffnung ins Herz und dachte nicht an die alten Seiltänzer.

Aber plötzlich merkte er, daß sie unruhig wurden. Sie hörten auf zu lächeln, sie warfen dem Publikum keine Handküsse mehr zu. Der Akrobat sprang falsch, und seine Frau wiegte sich im Walzertakt hin und her.

Hede spielte immer eifriger. Er gab den Freischützwalzer auf und jagte in einer alten Polka dahin, einer Polka, die alle Menschen toll machte, wenn sie einmal bei einer Festlichkeit gespielt wurde.

Die alten Seiltänzer verloren ganz und gar die Fassung, sie waren lauter atemlose Verwunderung. Und der Augenblick kam, wo sie nicht länger widerstehen konnten. Sie machten einen Sprung vorwärts, flogen einander in die Arme und begannen zu tanzen, mitten auf dem Flickenteppich.

Wie sie tanzten! Sie machten kleine, trippelnde Schritte und wirbelten rund herum in kleinen, drehenden Wendungen, sie traten kaum über den Teppich hinaus. Und ihre Gesichter strahlten vor Vergnügen und Entzücken. Jugendlust und Liebesrausch hatte die alten Menschen erfaßt.

Der ganze Haufen der Zuschauer jubelte, als er sie so tanzen sah. Die kleine, ernste Blindenführerin lächelte mit dem ganzen Gesicht, aber Hede wurde über die Maßen erregt.

Sieh da, was seine Geige zustande brachte! Sie brachte die Leute ganz außer sich. Das war eine Macht, über die er gebieten konnte. Jeden Augenblick, sobald er nur wollte, konnte er sein Reich in Besitz nehmen.

Nur ein paar Jahre Studium im Ausland, bei einem großen Meister! Dann könnte er in die weite Welt hinausziehen und sich Geld, Ehre und Ruhm erspielen!

Hede war es, als hätten diese Akrobaten hierher kommen müssen, um ihm das klar zu machen. Dies war sein Weg, der offen und hell vor ihm lag.

»Ich will, ich will ein Musiker werden«, sagte er zu sich selbst, »ich muß einer werden! Das ist etwas anderes als studieren. Mit meiner Geige kann ich die Menschen bezaubern, ich kann reich werden.«

Er hörte auf zu spielen. Gleich traten die Kunstreiter zu ihm und überhäuften ihn mit Lobreden.

Der Mann teilte ihm mit, daß er Blomgren heiße. Dies sei sein bürgerlicher Name; aber wenn er auftrete, dann habe er noch andere. Er und seine Frau seien alte Zirkusleute. Frau Blomgren sei die ehemalige Miß Viola und einst auf Pferden dahingeflogen. Und heute noch, obgleich sie den Zirkus verlassen hätten, seien sie Künstler, Künstler mit Leib und Seele. Das habe der Herr ja nun selbst gesehen. Deshalb hätten sie auch seinem Geigenspiel nicht widerstehen können.

Hede zog mehrere Stunden lang mit den Akrobaten umher. Er konnte sich nicht von der Geige trennen, und die Begeisterung der alten Künstler für ihren Beruf gefiel ihm.

Er wollte sich auch selbst prüfen.

»Ich will doch sehen, ob ich das Zeug zu einem Künstler in mir habe; ich will sehen, ob ich Begeisterung hervorrufen kann, und ob es mir gelingt, Kinder und Tagediebe dazu zu bringen, mir von Hof zu Hof zu folgen.«

Während sie durch die Straßen zogen, warf Herr Blomgren einen alten, abgetragenen Mantel über, während Frau Blomgren sich in einen braunen Radmantel hüllte, und so ausstaffiert gingen sie in eifrigem Gespräch neben Hede her.

Herr Blomgren sagte, er wolle nicht von all der Ehre sprechen, die er und Frau Blomgren in der Zeit geerntet hatten, als sie einem richtigen Zirkus angehörten. Allein der Direktor habe Frau Blomgren unter dem Vorwand, daß sie zu korpulent werde, verabschiedet. Er, Herr Blomgren, sei nicht verabschiedet worden, er habe seinen Abschied selbst verlangt. Denn das würde niemand von ihm geglaubt haben, daß er noch länger bei einem Direktor geblieben wäre, der seine Frau verabschiedet hatte.

Frau Blomgren liebte die Kunst, und um ihretwillen habe sich Herr Blomgren entschlossen, ein freier Künstler zu werden, damit auch sie ferner noch auftreten könne. Im Winter, wenn es zu Vorstellungen auf der Straße zu kalt sei, spielten sie in einem Zelt. Da habe man dann ein sehr reiches Repertoir. Man gebe Pantomimen, man zaubere und taschenspielere.

Der Zirkus habe sie ausgestoßen, sagte Herr Blomgren, aber nicht die Kunst. Sie dienten immer der Kunst, sie sei es wert, daß man ihr bis zum Tod getreu bleibe. Allezeit Künstler, allezeit! Das sei Herrn Blomgrens Grundsatz und ebenso auch der der Frau Blomgren.

Hede hörte schweigend zu. Seine Gedanken irrten unruhig von einem Plan zum anderen. Manchmal treten Ereignisse ein, die den Eindruck von Symbolen machen, von Zeichen, die man deuten muß. Es war gewiß ein tieferer Sinn in dem, was ihm eben begegnete. Wenn er ihn nur richtig verstand, dann würde es ihm gewiß ein Fingerzeig zu einem guten Entschluß.

Da bat Herr Blomgren den Herrn Studenten, seine Aufmerksamkeit auf das Mädchen zu richten, das den Blinden führte. Ob er wohl schon solche Augen gesehen habe? Ob er nicht auch glaube, daß solche Augen etwas bedeuten müßten? Konnte man wohl solche Augen haben, ohne zu etwas Großem bestimmt zu sein?

Hede wandte sich um und sah das kleine, blasse Mädchen an. Ja, es hatte Augen wie Sterne in einem traurigen, etwas mageren Gesichtchen.

»Der liebe Gott weiß immer, was er tut«, sagte Frau Blomgren, »und ich glaube bestimmt, daß er eine besondere Absicht dabei hat, wenn er einen Künstler wie Herrn Blomgren auf der Straße auftreten läßt. Aber was hat er wohl gedacht, als er diesem Mädchen diese Augen und dieses Lächeln gab?«

»Ich will Ihnen etwas sagen«, sagte Herr Blomgren. »Zur Kunst hat sie nicht die geringste Anlage. Und mit diesen Augen!«

In Hede stieg der Verdacht auf, daß diese Worte nicht für ihn, sondern für das junge Mädchen gemünzt seien. Sie ging dicht hinter ihnen und konnte jedes Wort verstehen.

»Sie ist erst dreizehn Jahre und durchaus nicht zu alt, um noch etwas zu lernen. Aber untauglich, untauglich! Ganz ohne Talent! Wenn Sie Ihre Zeit nicht verlieren wollen, dann lehren Sie sie nähen, Herr Student, aber lehren Sie sie nicht, auf dem Kopf zu stehen!«

»Das Lächeln, das sie hat, macht die Menschen förmlich vernarrt in sie«, fuhr Herr Blomgren fort. »Nur wegen des Lächelns bekommt das Kind beständig Anerbieten von allen möglichen Familien, die sie adoptieren wollen. Sie könnte in einem reichen Haus aufwachsen, wenn sie ihren Großvater verlassen wollte. Aber wozu braucht sie ein Lächeln, das die Menschen verrückt macht, wenn sie sich nie auf einem Pferd oder einem Trapez zeigen will?«

»Wir kennen andere Künstler«, begann nun Frau Blomgren, »die ein Kind von der Straße auflesen und zu diesem Beruf ausbilden für die Zeit, wo sie selbst nicht mehr auftreten können. Mehr als einem ist es schon gelungen, einen Stern heranzubilden, der ihnen später ungeheure Honorare eingetragen hat. Aber Herr Blomgren und ich haben nie an Honorare gedacht, wir hofften nur, Ingrid einmal durch einen Reifen fliegen zu sehen, während der ganze Zirkus von Beifallklatschen widerhallt. Das wäre gewesen, als ob man das Leben noch einmal begönne.«

»Warum behalten wir ihren Großvater?« fügte Herr Blomgren hinzu. »Ist er etwa ein Künstler, der uns ansteht? Wir könnten ja ein früheres Mitglied der Hofkapelle mitnehmen, wenn wir wollten. Aber wir haben das Mädchen lieb und möchten es nicht missen, und so behalten wir den Alten um ihretwillen.«

»Ist es nicht abscheulich von ihr, daß sie uns nicht erlauben will, eine Künstlerin aus ihr zu machen?« sagte das Ehepaar.

Hede sah sich um. Auf dem Gesicht der Kleinen lag der Ausdruck geduldig getragenen Leidens. Er sah ihr an, daß sie wußte, welch unbegabtes Wesen und verächtliches Geschöpf man war, wenn man nicht auf dem Seil tanzen konnte.

Gerade da zogen sie wieder in ein Gehöft hinein, aber ehe sie ihre Vorstellungen begannen, setzte sich Hede auf einen umgestürzten Schubkarren und begann zu predigen.

Und nun verteidigte er das arme, kleine Mädchen, das seinen blinden Großvater führte. Er machte Herrn und Frau Blomgren Vorwürfe, daß sie sie dem großen, grausamen Publikum aussetzen wollten, das sie wohl eine Zeitlang lieben und ihr Beifall klatschen würde, sie aber später, wenn sie alt und verbraucht war, auf den Straßen in Regen und Kälte herumziehen ließ. Nein, das sei der wahre Künstler, der einen anderen Menschen glücklich mache, und sie, Ingrid, solle ihre Augen und ihr Lächeln nur für einen haben, und für diesen einen sollte sie es aufheben, und dieser eine würde sie nicht verlassen, sondern ihr eine sichere Heimat geben, solange er lebe.

Die Tränen traten Hede in die Augen, während er so sprach. Er redete mehr zu sich selbst als zu den anderen. Plötzlich empfand er es als etwas Entsetzliches, wenn man in die Welt hinausgetrieben, wenn man von seinem stillen Leben in der Heimat losgerissen wird.

Da sah er, wie die großen Sternenaugen des Mädchens zu strahlen begannen. Es schien, als habe sie jedes seiner Worte verstanden. Es schien, als bekomme sie wieder das Recht, zu leben.

Herr Blomgren und seine Frau aber waren sehr ernst geworden. Sie drückten Hede die Hand und versprachen ihm, das Mädchen nie wieder zur Künstlerlaufbahn zwingen zu wollen. Sie sollte den Weg gehen dürfen, den sie selbst wünschte. Er habe sie gerührt; sie seien ein Künstlerpaar, Künstler mit Leib und Seele! Sie hätten wohl verstanden, was er gemeint, als er von Liebe und Treue gesprochen habe.

Hierauf trennte sich Hede von ihnen und ging nach Hause. Er versuchte es nicht mehr, seinem Abenteuer eine geheime Absicht zuzuschreiben. Schließlich hatte es keine andere Bedeutung gehabt, als daß das arme, kummervolle Kind davor bewahrt wurde, sich über seine Unbrauchbarkeit zu Tode zu grämen.

2.

Gunnar Hedes Gut, Munkhyttan, lag in einem armen Kirchspiel weit drin in Westdalarne.[1] Ein großes, dünn bevölkertes Kirchspiel war es,

---

1   Dalarne, die Täler. Früher wurde in Deutschland allgemein »Dalekarlien« gesagt, neuerdings wird der schwedische Name der Landschaft beibehalten. Anmerkung der Übersetzerin.

inmitten einer kargen und harten Natur; fast lauter steinige, bewaldete Hügel und kleine Teiche machten den größten Teil der Gegend aus. Und wenn die Menschen nicht das Recht gehabt hatten, im Lande umherzuziehen und Hausierhandel zu treiben, hatten sie sich hier gar nicht ernähren können. Dafür war aber auch die ganze arme Gegend von lauter alten Sagen erfüllt, die von armen Bauernburschen und Bauernmädchen handelten, die mit einem Sack voll Trödelwaren auf dem Rücken ausgezogen und später in einer goldenen Kutsche, den Kutschkasten voll Geld, heimgekehrt waren.

Eine der allerbesten dieser Geschichten war die von Hedes Großvater. Er war der Sohn eines armen Spielmanns gewesen, der mit der Geige in der Hand aufgewachsen und mit siebzehn Jahren mit dem Kramsack auf dem Rücken ausgezogen war. Aber wo er hinkam, hatte er beim Handel die Geige zur Hilfe gehabt, hatte abwechselnsweise den Leuten zum Tanz aufgespielt und ihnen seidene Tücher, Kämme und Nadeln verkauft. Aller Handel war unter Spiel und Scherz vor sich gegangen, und er war so gut ausgefallen, daß der Großvater schließlich Munkhyttan mitsamt der Grube und dem Hüttenwerk dem verarmten Baron, dem das Gut damals gehörte, abkaufen konnte.

So war es zugegangen, daß er ein Gutsherr und überdies der Mann der schönen Tochter des Barons geworden war.

Die »alte Herrschaft«, wie sie allgemein genannt wurde, hatte dann an nichts weiter gedacht, als ihr Besitztum zu verschönern und auszuschmücken. Sie war es gewesen, die das Hauptgebäude verlegt hatte, hinaus auf die reizende Insel, die nahe am Ufer in einem kleinen See lag, um den sich Äcker und Grubendistrikte ausdehnten. Das obere Stockwerk war zu ihrer Zeit gebaut worden, denn sie wollte gern Platz für recht viele Gäste haben, desgleichen auch die große Freitreppe mit den zwei Aufgängen. Die ganze, mit Fichten bewachsene Insel hatte sie mit Laubwald bepflanzt, sie hatte schmale, verschlungene Wege in den felsigen Boden gebrochen und kleine Aussichtspavillons gebaut, die über den See hinaushingen wie große Vogelnester. Die wunderschönen französischen Rosen, die die Terrasse bekränzten, die holländischen Möbel, die italienische Geige, alles hatte sie angeschafft, und sie war es auch gewesen, die ein Treibhaus angelegt und die Mauer errichtet hatte, die den Obstgarten vor dem Nordwind schützte.

Die alte Herrschaft waren heitere, freundliche Leute von der alten Art gewesen; die gnädige Frau hatte wohl ab und zu ein wenig vornehm getan, aber der alte Herr ganz und gar nicht. Inmitten all der Pracht, die ihn jetzt umgab, vergaß er nie, was er gewesen war, und in seinem Arbeitszimmer, wo er seine Geschäfte besorgte und wohin alle Leute kamen, hing der Kramsack und die rotangestrichene, im Land verfertigte Geige, gerade über dem Pult des alten Herrn.

Sogar nach seinem Tode blieben der Sack und die Geige noch immer an dem alten Platz hängen. Und so oft der Sohn und der Enkel sie sahen, wurde ihr Herz von Dankbarkeit erfüllt. Diese ärmlichen Gegenstände waren ja das Werkzeug gewesen, das Munkhyttan geschaffen hatte, und Munkhyttan war das beste auf der Welt.

Woher es aber nun auch kommen mochte – und es kam wohl am meisten daher, daß man ganz von selbst auf dem Hof ein gutes, freundliches und sorgenfreies Leben führte – so hing das Geschlecht der Hede doch mit größerer Liebe an dem Hof, als es gut war. Und besonders war Gunnar Hede so mit dem Hof verwachsen, daß man von ihm sagte, es sei verkehrt, wenn man behaupte, es gehöre ihm ein Hof, es gebe im Gegenteil in Westdalarne einen alten Hof, dem Gunnar Hede gehöre.

Und wenn er sich nicht zum Sklaven eines alten, baufälligen Herrenhauses, einiger Morgen Äcker und Waldboden und einer Anzahl Apfelbäume gemacht hätte, würde er seine Studien fortgesetzt haben, oder noch besser, er wäre ins Ausland gegangen und hätte Musik studiert, was allem Anschein nach sein rechter Beruf auf der Welt gewesen wäre. Aber als er sich, von Upsala zurückgekehrt, Klarheit über, die Verhältnisse verschaffte und einsah, daß der Hof wirklich verkauft werden müsse, wenn er nicht bald eine Menge Geld verdiene, da gab er alle anderen Pläne auf und beschloß, als wandernder Krämer auszuziehen, wie sein Großvater seinerzeit getan hatte.

Seine Mutter und seine Braut beschworen ihn, doch lieber den Hof zu verkaufen, als sich auf diese Weise für ihn aufzuopfern, aber er war unbeweglich. Er zog Bauernkleider an, kaufte Waren und begann als Handelsmann durchs Land zu ziehen. Und er war überzeugt, er werde, wenn er nur ein paar Jahre Handel treibe, so viel verdienen, um die Schulden zu bezahlen und Munkhyttan zu retten.

Und soweit es den Hof betraf, hatte er Glück bei seinem Unternehmen, sich selbst aber brachte er in großes Unglück.

Nachdem er wohl ein Jahr mit dem Kramsack umhergezogen war, kam er auf den Gedanken, daß er auch versuchen könne, eine große Summe Geld auf einmal zu verdienen. So zog er denn weit nach Norden und kaufte eine große Herde Geißen, wohl ein paar hundert Stück. Und diese wollte er nun mit Hilfe eines Kameraden auf einen großen Jahrmarkt im Wermland treiben, denn dort kosteten Geißen noch einmal soviel als droben in dem nördlichen Teil des Landes. Wenn er alle seine Geißen verkaufte, konnte er also ein ausgezeichnetes Geschäft machen.

Man war erst im November, und es hatte noch nicht geschneit, als Hede und sein Kamerad mit ihrer Geißenschar abzogen. Am ersten Tag ging alles gut von statten, aber am zweiten Tag, als sie in den großen Zehnmeilenwald kamen, begann es zu schneien.

Ein gewaltiges Schneegestöber brach über ihnen los, und schon nach ganz kurzer Zeit konnten die Tiere nur nach mühsam durch den Schnee vorwärts dringen. Ziegen sind zwar mutige, wetterfeste Tiere, und die Herde kämpfte sich lange durch, aber das Unwetter dauerte mehrere Tage und Nächte, und es ward eine grimmige Kälte.

Hede tat, was in seinen Kräften stand, um die Tiere zu retten. Aber seit Beginn des Schneefalls hatte er ihnen weder Futter noch Wasser verschaffen können. Und nachdem sie sich einen Tag lang durch den hohen Schnee hindurchgearbeitet hatten, begann sich die Haut von ihren Beinen abzuschälen. Das tat ihnen weh, und sie wollten nicht mehr vorwärts. Die erste Ziege, die sich am Wegrand niederwarf und nicht mehr aufstehen konnte, um mit den anderen weiterzugehen, hob er auf seine Schultern, um sie nicht zurückzulassen. Als aber dann noch eine und sogar eine dritte sich legte, konnte er nicht alle tragen. Es blieb ihm nichts übrig, als wegzusehen und weiterzugehen.

Wißt Ihr, was ein zehn Meilen großer Wald bedeutet?

Meilen und meilenweit kein Hof, keine Hütte, nur Wald, nichts als Wald. Hochgewachsene Tannen mit harter, holziger Rinde und hochsitzenden Ästen, kein Jungwald mit weicher Rinde und weichen Zweigen, die die Tiere hätten fressen können! Wenn der Schnee nicht gekommen wäre, hätte Hede mit seiner Herde in wenigen Tagen durch den Wald gelangen können; nun konnten sie überhaupt nicht hindurchkommen.

Alle Geißen gingen zugrunde, und auch die Menschen waren nahe daran, umzukommen.

Sie begegneten keinem Menschen in der ganzen Zeit; niemand half ihnen.

Hede versuchte, den Schnee wegzuräumen, damit die Geißen das Moos fressen könnten, aber der Schnee fiel so dicht, so dicht, und das Moos war an dem Boden festgefroren. Und wie hätte er auf diese Weise für zweihundert Tiere Futter schaffen können?

Er trug es mutig, bis die Tiere anfingen, Klagelaute auszustoßen. Am ersten Tage war es eine fröhliche, ausgelassene und ziemlich lärmende Schar gewesen. Er hatte große Mühe gehabt, aufzupassen, daß alle mitkamen, und daß sie einander nicht totstießen. Aber dann war es, als sei ihnen klar geworden, daß es keine Rettung für sie gebe, und das veränderte sie völlig und machte sie ganz mutlos. Sie fingen alle an, ängstlich zu meckern und zu klagen, nicht schwach und pfeifend, wie es die Art der Ziegen ist, sondern laut und immer lauter, je größer die Not würde. Und als Hede dieses klägliche Schreien hörte, war es ihm, als müsse er wahnsinnig werden.

Sie waren in dem wilden verlassenen Walde; es war keine Hilfe zu erlangen. Ein Tier nach dem anderen sank am Wege nieder. Der Schnee fegte über ihnen zusammen und deckte sie zu. Und als Hede zurückschaute auf die Reihe kleiner Schneehügel am Wegrand, von denen jeder einen Tierkörper barg, und aus denen Hörner und Hufe hervorstaken, da fing sein Verstand an, sich zu umnachten.

Er fuhr auf die Tiere los, die sich da zuschneien ließen, schwang seine Peitsche und schlug sie. Dies war ja das einzige Mittel, um sie zu retten; aber sie rührten sich nicht. Er nahm sie bei den Hörnern und schleppte sie weiter. Sie ließen sich ziehen, aber sie rührten keinen Fuß, um selbst zu gehen. Wenn er die Hörner losließ, leckten sie ihm die Hände, wie um ihn zu bitten, daß er ihnen noch weiter helfe. Sobald er zu ihnen trat, leckten sie ihm die Hände.

All dies wirkte so furchtbar auf ihn, daß er fühlte, er sei nahe daran, den Verstand zu verlieren.

Trotzdem wäre es vielleicht nicht soweit mit ihm gekommen, wenn er nicht, als im Walde alles vorbei war, hingegangen wäre und eine besucht hätte, die er innig lieb hatte. Es war nicht seine Mutter, sondern seine Braut. Er hielt es für seine Pflicht, sofort hinzureisen und ihr zu sagen, daß er viel Geld verloren habe und nun noch Jahre warten müsse, bis er heiraten könne. Aber er reiste doch ganz gewiß einzig und allein deshalb hin, um von ihr zu hören, daß sie ihn trotz all seinem Mißgeschick noch ebenso liebe wie vorher. Er glaubte, sie könne die Erinnerung an den Zehnmeilenwald verscheuchen.

Und das hätte sie vielleicht auch gekonnt, aber sie wollte nicht. Sie war schon sehr unzufrieden mit ihm, seitdem er mit dem Kramsack umherzog und aussah wie ein Bauer, und schon deshalb fand sie es schwer, ihn ebenso lieb zu haben wie früher. Und als sie nun hörte, daß er noch jahrelang so fortmachen müsse, sagte sie, daß sie nicht länger auf ihn warten könne. Und da verlor Hede seinen Verstand beinahe ganz.

Völlig irrsinnig wurde er aber doch nicht. Soviel Verstand hatte er noch, daß er seinen Handel auch ferner treiben konnte. Er machte sogar noch bessere Geschäfte als die anderen, denn es machte den Leuten Spaß, ihren Scherz mit ihm zu treiben, und so war er in den Bauernhäusern immer willkommen. Man neckte und plagte ihn zwar, aber es war in gewisser Weise gut für ihn, da er so gerne reich werden wollte.

Und nach Verfluß von ein paar Jahren hatte er auch wirklich soviel erworben, daß er hätte alle Schulden bezahlen und auf seinem Hof ein sorgenfreies Leben führen können. Aber dies begriff er nicht; stumpfsinnig und verrückt zog er von Hof zu Hof und hatte keine Vorstellung mehr davon, welchem Stand er eigentlich angehörte.

3.

Weit droben im westlichen Wermland, ganz nahe an der Grenze von Dalarne, liegt ein Kirchspiel mit Namen Raglanda, das zwar einen großen Propstsitz, aber nur ein kleines, ärmliches Pfarrhaus hat. Aber so arm die Leute auch in dem kleinen Pfarrhaus waren, so hatten sie doch soviel Barmherzigkeit gehabt, ein Pflegekind anzunehmen. Es war ein kleines Mädchen, das Ingrid hieß, und als es ins Pfarrhaus kam, war es dreizehn Jahre alt.

Der Pfarrer hatte Ingrid zufälligerweise auf einem Jahrmarkt gesehen, wo sie weinend vor einem Seiltänzerzelt saß. Er war stehen geblieben und hatte sie gefragt, warum sie weine. Und da hatte sie ihm erzählt, daß ihr blinder Großvater gestorben sei, und daß sie nun niemand mehr habe, der zu ihr gehöre. Nun ziehe sie mit einem Seiltänzerpaar umher, und dieses sei auch gut gegen sie, aber sie weine, weil sie so dumm sei; sie könne durchaus nicht seiltanzen lernen, und also nicht helfen, Geld zu verdienen.

Und es lag eine solch liebliche Trauer über dem Kinde, daß sie dem Pfarrer das Herz wundersam bewegte.

Unwillkürlich sagte er zu sich selbst, daß er unmöglich ein solch zartes Wesen unter diesen herumziehenden Landstreichern zugrunde gehen lassen könne. Er ging also zu den Seiltänzern hinein, wo er Herr und Frau Blomgren traf, und erbot sich, das Kind zu sich zu nehmen. Die alten Kunstreiter begannen zu weinen und sagten, sie hätten das Mädchen gerne behalten, obgleich es ganz und gar untauglich zur Kunst sei. Aber sie meinten freilich auch, das Kind werde in einem richtigen Heim und bei Menschen, die das ganze Jahr hindurch an einem festen Orte wohnten, glücklicher sein als bei ihnen, und deshalb wollten sie es dem Herrn Pfarrer überlassen, wenn er ihnen verspreche, es wie eines seiner eigenen Kinder zu halten.

Dies hatte er versprochen, und seitdem war Ingrid im Pfarrhaus. Sie war ein stilles, sanftes Kind, reich an warmer Liebe und zärtlicher Fürsorge für alle, die sie umgaben. Im Anfang liebten die Pflegeeltern sie innig; aber als sie älter wurde, bildete sich bei ihr ein starker Drang aus, Träumen und Phantasien nachzuhängen.

Das Reich der Träume und Gesichte erschloß sich vor ihr und übte eine starke Anziehungskraft auf sie aus. Mitten am Tage konnte sie die Arbeit ruhen lassen und in Träumerei versinken. Der Pfarrerin aber, die eine tüchtige, unermüdlich fleißige Frau war, gefiel dies ganz und gar nicht. Sie klagte über das Mädchen, schalt es faul und träge und quälte es mit Strenge, so daß es ganz verschüchtert und unglücklich wurde.

Als Ingrid das neunzehnte Jahr zurückgelegt hatte, fiel sie in eine schwere Krankheit. Man wußte nicht recht, was ihr fehlte, denn dies alles trug sich vor vielen Jahren zu, wo es in Raglanda noch keinen Arzt gab. Aber es sah schlimm aus für das Mädchen. Man merkte bald, daß es todkrank war und wohl nicht wieder genesen würde.

Sie selbst aber bat nur immerfort den lieben Gott, sie doch vom Leben zu befreien. Sie möchte so gerne sterben, sagte sie.

Da war es gerade, als ob der liebe Gott sie prüfen wolle, ob es ihr ernst damit sei. Eines Nachts fühlte sie, wie sie am ganzen Körper kalt und steif wurde, und eine eigentümliche, schlafähnliche Starre bemächtigte sich ihrer.

»Dies ist gewiß der Tod«, sagte sie zu sich selbst.

Das Merkwürdige aber war, daß sie das Bewußtsein nicht vollständig verlor. Sie wußte, sie lag wie tot da, wußte auch, daß man sie einhüllte und in einen Sarg legte; aber sie fühlte weder Furcht noch Grauen vor dem lebendig Begrabenwerden. Sie hatte nur den einzigen Gedanken, daß sie glücklich wäre, wenn sie sterben und dieses schwere Leben verlassen dürfte.

Das einzige, was sie fürchtete, war der Gedanke, man könnte entdecken, daß sie nur scheintot war, und daß man sie dann nicht begraben würde. Das Leben mußte ihr wirklich bitter gewesen sein, daß sie so gar keine Todesangst empfand.

Aber niemand entdeckte, daß sie noch lebte. Sie wurde in die Kirche gefahren, auf den Kirchhof hinausgetragen und ins Grab versenkt.

Das Grab wurde jedoch nicht über ihr zugeworfen, denn dem Brauch von Raglanda gemäß war sie an einem Sonntagmorgen vor der Liturgie begraben worden. Nachdem der Sarg ins Grab gesenkt war, ging das Trauergeleite wieder in die Kirche und ließ den Sarg in dem offenen Grabe stehen. Erst wenn der Gottesdienst vorüber war, kam man zurück und half dem Totengräber das Grab zuwerfen.

Die Scheintote wußte alles, was mit ihr vorging, aber sie fühlte kein Entsetzen. Sie wäre, und wenn sie es auch noch so gerne getan hätte, nicht imstande gewesen, auch nur die geringste Bewegung zu machen, um zu zeigen, daß sie lebe, aber sie würde sich dennoch ganz ruhig verhalten haben, selbst wenn sie sich hätte rühren können. Die ganze Zeit über war sie nur froh, daß sie so gut wie tot war.

Man hätte auch kaum sagen können, daß sie lebe. Sie hatte weder Gefühl, noch ihr gewöhnliches Bewußtsein. Nur der Teil ihrer Seele, der in den Nächten die Träume träumt, war noch lebendig in ihr.

Sie konnte nicht einmal soweit denken, daß sie begriffen hätte, wie entsetzlich es für sie sein würde, wenn sie erwachte, nachdem das Grab zugeworfen war. Sie hatte nicht mehr Gewalt über ihren Verstand als ein Träumender.

»Ich möchte wissen«, dachte sie, »ob es auf der weiten Welt etwas gibt, das die Lust in mir erwecken könnte, weiter zu leben?«

Sobald sie dies gedacht hatte, war es ihr, als würden der Sargdeckel und das Schweißtuch, das auf ihrem Gesicht lag, durchsichtig, und sie erblickte vor sich Geld und schöne Kleider und reiche Gärten mit köstlichen Früchten.

»Nein, aus all diesem mache ich mir gar nichts«, sagte sie und schloß die Augen vor all diesen Herrlichkeiten.

Als sie wieder aufschaute, war alles verschwunden; aber dafür sah sie ganz klar und deutlich einen kleinen Engel Gottes auf dem Grabesrand sitzen. »Guten Tag, Du kleiner Gottesengel«, sagte sie zu ihm.

»Guten Tag, Ingrid«, sagte der Engel. »Während Du hier liegst und nichts zu tun hast, möchte ich gern von früheren Zeiten mit Dir sprechen.«

Ingrid hörte deutlich jedes Wort, das der Engel sprach. Aber seine Stimme glich keiner, die sie früher schon gehört hatte. Sie klang vielmehr wie Saitenspiel, dessen Töne Worte waren. Sie klang nicht wie Gesang, sondern wie Geigenspiel oder Harfenton.

»Ingrid«, sagte der Engel, »erinnerst Du Dich noch, wie Du, als Dein Großvater noch lebte, einmal mit einem jungen Studenten zusammentrafst, der mit Dir von Hof zu Hof zog und den ganzen Tag auf Deines Großvaters Geige spielte?«

»Meinst Du, ich hätte das vergessen?« sagte sie. »Kein Tag ist seither vergangen, an dem ich nicht an ihn gedacht hätte.«

»Und willst Du sterben, obgleich Du Dich seiner so gut erinnerst?« fragte der Engel. »Dann kannst Du ihn ja nie wiedersehen.«

Als der Engel dies gesagt hatte, war es ihr, als fühle sie die ganze Seligkeit der Liebe; aber selbst dies konnte sie nicht verlocken.

»Nein, nein«, sagte sie, »ich fürchte mich, zu leben, ich will sterben.«

Da winkte der Engel mit der Hand, und Ingrid sah eine große, öde Sandwüste vor sich, die ganz kahl und unfruchtbar, trocken und heiß war und sich nach allen Seiten in die Unendlichkeit erstreckte. Im Sande lag da und dort etwas, was auf den ersten Blick wie ein Felsblock aussah, aber als Ingrid näher hinschaute, waren es Tiere, ungeheure lebendige Fabeltiere mit mächtigen Pratzen und großen Rachen mit scharfen Zähnen, die da auf dem Sand lagen und auf Raub lauerten. Und zwischen diesen entsetzlichen Tieren kam der Student dahergegangen; sorglos schritt er dahin, ohne zu ahnen, daß die Gestalten um ihn her lebendig waren.

»Aber warne ihn doch, warne ihn!« sagte Ingrid zu dem Engel in unsäglicher Angst. »Sag ihm, daß sie lebendig sind, daß er sich in acht nehmen muß!«

»Mir ist es nicht erlaubt, ihn anzureden«, erwiderte der Engel mit seiner klaren Stimme, »Du mußt ihn selbst warnen.«

Mit Entsetzen fühlte die Scheintote, daß sie gelähmt war und nicht hineilen konnte, um den Studenten zu retten. Sie versuchte einmal ums andere, sich zu erheben, aber umsonst, die Ohnmacht des Todes hielt sie gebannt. Aber da, endlich, endlich – fühlte sie, wie ihr Herz zu schlagen begann, wie das Blut durch die Adern strömte, wie die Starre des Todes in ihrem Körper sich löste. Sie stand auf und eilte ihm entgegen – –

4.

Das ist ganz gewiß, die Sonne liebt die freien Plätze vor den kleinen Dorfkirchen. Ist es noch nie jemand aufgefallen, daß es nirgends so viel Sonnenschein gibt, als vor einem weiß angestrichenen Kirchlein während des Gottesdienstes? Nirgends sonst sieht man so strahlende Lichtgarben, nirgends sonst ist die Luft so andächtig stille. Die Sonne steht da förmlich auf der Wacht, daß die Leute nicht vor der Kirche stehen bleiben und den Dorfklatsch verhandeln. Alle sollen hübsch in der Kirche sitzen und der Predigt zuhören, deshalb sendet sie einen solchen Reichtum von Strahlen vor die Kirchenmauern.

Vielleicht ist es nicht ganz gewiß, daß die Sonne jeden Sonntag solchen Wachdienst vor den kleinen Dorfkirchen versieht, aber so viel ist sicher, an jenem Vormittag, wo die Scheintote auf dem Kirchhof von Raglanda ins Grab gelegt worden war, verbreitete sie eine glühende Hitze auf dem kleinen Platz vor der Kirche, ja es schien, als wollten die Kieselsteine Feuer sprühen, so funkelnd lagen sie in den Wagengeleisen.

Das zertretene kurze Gras schrumpfte zusammen und sah trockenem Moos ähnlich, während die gelben Blüten des Löwenzahns, die den Rasen zierten, sich auf ihren langen Stielen ausbreiteten, so daß sie so groß wurden wie Astern.

Da kam ein Mann in der Tracht der Bauern von Dalarne des Weges daher, einer von denen, die mit Messern und Scheren hausieren gingen. Er war in einen langen weißen Mantel aus Schafpelz gekleidet, und auf dem Rücken trug er einen großen schwarzen Ledersack. Mit dieser Ausrüstung war er schon mehrere Stunden lang gewandert, ohne daß es ihm zu warm geworden wäre; aber als er die Landstraße verließ und den Kirchplatz erreichte, dauerte es nicht eine Minute, bis er stille stehen und den Hut abnehmen mußte, um sich den Schweiß von der Stirne zu wischen.

Wie der Mann mit entblößtem Kopf dastand, sah er schön und klug aus. Seine Stirne war hoch und weiß mit einer tiefen Gedankenfülle zwischen den Augenbrauen und der Mund schön geformt mit schmalen Lippen. Sein Haar war in der Mitte gescheitelt; es war im Nacken kurz geschnitten und hing, an den Spitzen etwas gelockt, über die Ohren herab. Er war groß und kräftig, aber nicht grob, sondern in allen Teilen ebenmäßig gebaut. Aber es fiel auf, daß sein Blick unstät war, die Augäpfel rollten unruhig hin und her und zogen sich in die Höhlen zurück, wie um sich zu verbergen. Um den Mund hatte er einen verzerrten und irren Zug, etwas Albernes und Schlaffes, das nicht herpaßte, das nicht recht zu diesem Gesicht gehörte.

Er konnte auch nicht recht klug sein, wenn er sich am Sonntag mit dem schweren Sack abschleppte. Hätte er seinen vollen Verstand gehabt, würde er gewußt haben, daß es gar keinen Wert hatte, da er ja doch nichts verkaufen konnte. Von all den anderen Dalekarliern, die durch die Dörfer zogen, hätte auch nicht einer an einem Sonntag den Rücken unter dem Sack gekrümmt; da gingen sie wie andere Menschen frei und aufrecht ins Gotteshaus.

Aber dieser arme Mensch wußte wohl nicht einmal, daß es Sonntag war, bis er im Sonnenschein vor der Kirche stand und der Gesang zu ihm herausdrang. Aber so klug war er doch, um sofort zu verstehen, daß er an diesem Tage keinen Handel treiben könne. Und da bekam sein Gehirn eine beschwerliche Arbeit, denn es mußte überlegen, was er mit seinem freien Tag anfangen wolle.

Lange stand er da und starrte vor sich hin. Wenn alles im gewohnten Geleise ging, wurde es ihm nicht schwer, sich zurechtzufinden. Sein Zustand war nicht gar so schlimm; in der Woche konnte er ganz gut von Hof zu Hof ziehen, um seinen Handel zu treiben; aber er konnte sich nie an den Sonntag gewöhnen. Der kam über ihn wie ein großes, unvorhergesehenes Mißgeschick.

Seine Augen waren ganz starr, und die Muskeln auf der Stirne schwollen an.

Das erste, was drinnen in seinem Gehirn vorgeschlagen wurde, war, er solle in die Kirche gehen und dem Gesang zuhören. Aber der Vorschlag wurde nicht angenommen. Er hätte gerne den Gesang gehört, aber er wagte nicht, in die Kirche zu treten. Vor den Menschen fürchtete er sich zwar nicht, aber in manchen Kirchen waren so sonderbare, unheimliche Bilder, die Wesen vorstellten, an die er am liebsten nicht dachte.

Schließlich arbeitete er sich zu dem Gedanken durch, daß es, da dies eine Kirche war, doch wohl auch einen Kirchhof hier geben müsse. Und wenn er einen Kirchhof erreichen konnte, dann war er geborgen. Was es auch immer sein mochte, man konnte ihm nichts besseres bieten. So oft er auf seinen Wanderungen vom Wege aus einen Kirchhof erblickte, ging er hinein und setzte sich eine Weile dort nieder, mochte es auch mitten in der Arbeitswoche sein.

Als er nun in den Kirchhof hineingehen wollte, zeigte sich plötzlich eine neue Schwierigkeit. Der Begräbnisplatz von Raglanda liegt nämlich nicht dicht neben der Kirche, die auf einem Hügel steht, sondern auf einer Wiese, etwas hinter dem Gemeindehaus. Und er konnte die Kirchhofspforte nicht erreichen, ohne einen Weg entlang zu gehen, neben dem die Pferde der Kirchenbesucher angebunden standen.

Alle Pferde hatten die Köpfe tief in Heubündel und Futtersäcke vergraben und kauten, daß das Futter zwischen ihren Zähnen knirschte. Es war keine Rede davon, daß die Pferde dem jungen Mann ein Leid antun würden, aber er hatte seine eigenen Ansichten über die Gefahr, die ihm drohte, wenn er an solch einer langen Reihe von Tieren vorüberginge.

Zwei-, dreimal versuchte er vorwärts zu gehen, aber der Mut gebrach ihm, so daß er wieder umdrehen mußte. Er fürchtete sich nicht, die Pferde könnten ihn beißen oder nach ihm ausschlagen, es war mehr als genug, daß sie so nahe waren und ihn sehen konnten. Es war mehr als genug, daß sie mit ihren Halftern rasseln und mit den Hufen auf dem Boden scharren konnten.

Schließlich kam ein Augenblick, wo alle Pferde auf den Boden sahen und richtig um die Wette zu fressen schienen. Da begann er seine Wanderung an ihnen vorbei. Er zog den Pelz dicht um sich zusammen, damit er nicht flattern und ihn verraten könne, und ging auf den Zehen, so hübsch er vermochte. So oft ein Pferd die Augen aufschlug und ihn ansah, blieb er sogleich stehen und knickste. Er wollte in dieser großen Gefahr gern recht höflich sein; aber die Tiere würden doch wohl auch so vernünftig sein, zu verstehen, daß er sich nicht tief verbeugen konnte, da er doch einen Sack voll Eisen auf dem Rücken trug. Es blieb ihm nichts übrig, als zu knicksen.

Er stieß einen tiefen Seufzer aus, denn es war etwas recht schweres und beschwerliches im Leben, wenn man sich wie er vor allen vierfüßigen Tieren fürchtete. Eigentlich fürchtete er sich zwar bloß vor Geißen; vor Pferden, Hunden und Katzen hätte er gar keine Angst gehabt, wenn er nur ganz sicher gewesen wäre, daß sie nicht eine Art verwandelter Geißen gewesen wären. Aber darüber war er nie so ganz sicher, und so war es im Grunde genommen ebenso schlimm für ihn, wie wenn er sich vor allen Arten von vierfüßigen Tieren gefürchtet hätte.

Es nützte gar nichts, wenn er sich ins Gedächtnis rief, wie stark er sei, und daß diese kleinen Bauernpferde für gewöhnlich niemand etwas zu Leid taten. An dergleichen kann der nicht denken, dem die Angst in der Seele wohnt. Die Angst ist eine drückende Last, und es ist schwer für den, bei dem sie sich festgesetzt hat.

Es war merkwürdig, daß er doch an der ganzen Pferdereihe vorüberkam. Das letzte Stück Weg legte er mit zwei langen Sätzen zurück, und als er den Kirchhof erreicht hatte, zog er das Gittertor hinter sich zu und drohte mit geballter Faust nach den Pferden.

»Ihr schlechten, erbärmlichen, verfluchten Geißböcke!«

Das tat er bei allen Tieren; er konnte es nicht lassen, alle miteinander Geißböcke zu schimpfen. Und das war sehr dumm von ihm, denn dies hatte ihm selbst den Namen verschafft, den er nicht leiden konnte. Wer ihm begegnete, rief ihm Geißbock nach. Aber er wollte nicht auf diese Weise angeredet werden. Er wollte mit seinem rechten Namen genannt sein; der aber war offenbar keinem Menschen in dieser Gegend bekannt.

Er blieb eine Weile an der Pforte stehen und freute sich, daß er den Pferden entkommen war, bald aber wanderte er weiter in den Kirchhof hinein. Vor jedem Kreuz und jedem Stein hielt er an und knickste. Aber nun tat er es nicht aus Angst, sondern vor Freude über das Wiedersehen mit diesen lieben, alten Bekannten. Er sah auf einmal ganz mild und freundlich aus. Das waren ja genau dieselben Kreuze und Steine, die er früher schon so oft gesehen hatte! Wie unverändert sie waren! Wie gut er sie wiedererkannte! Er mußte sie begrüßen!

Wie schön es auf dem Kirchhof war! Keine Tiere weideten hier, und keine Menschen trieben hier Narrenpossen. Es war ihm am liebsten, wenn es ringsum ganz still war wie eben jetzt, aber selbst wenn sich Menschen da aufhielten, störten sie ihn nicht. Er kannte ja wohl noch manche schöne Auen und Haine, die ihm noch besser gefielen, aber dort ließ man ihn nie in Frieden, und sie konnten in keiner Weise mit dem Kirchhof verglichen werden. Der Kirchhof war sogar besser als der Wald, denn im Wald war die Einsamkeit so groß, daß er sich vor ihr fürchtete. Hier aber war es so still wie in der Tiefe des Waldes, nur war er nicht allein, hier lagen schlafende Menschen unter jedem Stein und unter jedem Rasenhügel, genau soviel Gesellschaft als er brauchte, um sich nicht einsam und verlassen zu fühlen.

Sofort schlug er die Richtung nach dem offenen Grabe ein.

Er ging dahin, teils weil dort ein paar Bäume standen, die Schatten spendeten, teils auch, weil er sich nach Gesellschaft sehnte. Er glaubte vielleicht, der Tote, der erst vor kurzem in das Grab gelegt worden war, könne ein besserer Schuh gegen die Einsamkeit sein als die längst Entschlafenen.

Den Rücken gegen den großen Erdhaufen am Grabesrand gestemmt, ließ er sich beinahe auf die Knie nieder, dadurch gelang es ihm, seinen Kramsack so hoch hinauszuschieben, daß er fest auf dem Haufen stand, sowie die schweren Lederriemen, die ihn festhielten, zu lösen. Es war ein großer Tag, ein Feiertag, und er warf auch den Pelz ab. Mit viel Behagen setzte er sich ins Gras, dem Grabe so nahe, daß seine langen Beine mit den Kniestrümpfen und den dicken Schnürstiefeln über den Grabesrand hinunterhingen.

Zuerst saß er, die Augen starr auf den Sarg gerichtet, ziemlich lange still da. Wenn man solche Angst in sich trug wie er, konnte man niemals vorsichtig genug sein. Aber der Sarg bewegte sich wirklich gar nicht. Er konnte ihn unmöglich im Verdacht haben, daß irgend eine Falle darin verborgen sei.

Erst als er seiner Sache ganz sicher war, fuhr er mit der Hand in ein Seitenfach seines Kramsacks und zog eine Geige und einen Fidelbogen heraus. Gleichzeitig nickte er dem Toten im Grabe zu. Da er sich so ruhig verhielt, sollte er etwas Schönes zu hören bekommen.

Dies war etwas ganz Besonderes; es gab nicht viele, die ihn spielen hören durften. Aus den Höfen, wo sie die Hunde auf ihn hetzten und ihn Geißbock schimpften, bekam ihn niemand zu hören. Aber es kam vor, daß er in einem Hause vorspielte, wo man leise sprach und stille umherging und ihn nicht fragte, ob er Ziegenfelle kaufen wolle. An solchen Orten nahm er oft die Geige hervor und gab etwas zu besten. Und dies war eine große Auszeichnung, die größte, die er jemand zuteil werden lassen konnte.

Wie er nun so auf dem Grabesrand saß und spielte, klang es gar nicht übel. Er spielte nicht einen einzigen falschen Ton, und er spielte so leise und so zart, daß es kaum am nächsten Grabe gehört werden konnte.

Aber das merkwürdige an der Sache war, daß er gar nicht der Mann selber war, der spielen konnte, sondern vielmehr seine Geige, die sich an einige kleine Melodien erinnerte. Diese drangen aus ihr heraus, sobald er mit dem Bogen über die Saiten strich. Dies wäre vielleicht für jemand anderes nicht von so großer Bedeutung gewesen, aber für ihn, der nicht fähig war, sich an irgendeine Melodie zu erinnern, war es die allerkostbarste Gabe, daß er eine Geige besaß, die von selbst spielen konnte.

Während er spielte, zog ein strahlendes Lächeln über sein Gesicht, wie bei jemand, der ein Kind plaudern und erzählen hört.

Die Geige war es, die sprach und sprach, er hörte nur zu. Es war doch zu merkwürdig, daß diese schönen Dinge erklangen, sobald er den Bogen über die Saiten gleiten ließ. Die Geige besorgte das selbst; sie wußte, wie es klingen mußte, der junge Mann saß nur da und lauschte.

Aus der Geige wuchsen Melodien heraus, gerade wie Gras aus der Erde wächst. Niemand konnte verstehen, wie es zuging.

Der Dalekarlier hatte im Sinn, den ganzen Tag hier sitzen zu bleiben und die geliebten Töne aus der Geige herauswachsen zu lassen wie kleine weiße und bunte Blumen. Er wollte eine ganze Wiese voll Blumen spielen, ein ganzes langes Tal voll, eine große, weite Ebene.

Aber sie, die scheintot drunten im Sarg lag, hatte das Geigenspiel wohl gehört, und auf sie hatte es eine sonderbare Wirkung ausgeübt. Die Töne hatten sie zum Träumen gebracht, und von dem, was sie im

Traum sah, wurde sie so erregt, daß ihr Herz zu klopfen, ihr Blut zu strömen begann – und sie erwachte.

Nun geschah es, daß sie alles, was sie erlebt hatte, solange sie scheintot war – die Gedanken, die sie da gehabt, und selbst den letzten Traum – daß dies alles in dem Augenblick vergessen und verschwunden war, wo sie ihr gewöhnliches Bewußtsein wiedererlangte. Sie wußte nicht einmal, daß sie im Sarge lag, sondern meinte, sie liege noch immer daheim krank in ihrem Bette. Sie dachte nur, es sei recht sonderbar, daß sie noch lebe. Vor ganz kurzem, ehe sie eingeschlafen war, war sie ja mitten im Todeskampf gewesen! Es müßte ja schon längst aus mit ihr sein! Sie hatte Abschied genommen von den Pflegeeltern, den Geschwistern und den Dienstleuten. Der Probst selbst war dagewesen und hatte ihr das Abendmahl gegeben, denn ihr Pflegevater meinte, er habe die Kraft nicht dazu. Und vor mehreren Tagen schon hatte sie ihre Gedanken von allem Irdischen abgewandt. Es war unbegreiflich, daß sie nicht tot war.

Sie wunderte sich, daß in dem Zimmer eine solche Dunkelheit herrschte. Seit sie krank war, hatte jede Nacht ein Licht gebrannt. Und dann hatte man ihre Decke vom Bett hinabgleiten lassen. Lag sie nicht da und war eiskalt?

Sie richtete sich ein wenig auf, um die Decke über sich zu ziehen. Da stieß sie mit der Stirn an den Sargdeckel, und mit einem Schmerzensschrei sank sie wieder zurück.

Der Stoß war ziemlich heftig gewesen, und sie versank sogleich wieder in ihren starren Zustand. Sie lag ebenso unbeweglich wie zuvor, und es war, als sei das Leben aufs neue entflohen. Der junge Mann, der den Stoß und auch den Schrei hörte, legte augenblicklich die Geige weg und begann zu lauschen. Aber er hörte nichts mehr, gar nichts.

Nun starrte er wieder ebenso unverwandt auf den Sarg wie zu Anfang. Er nickte vor sich hin, als wollte er »ja« sagen zu dem, was er selbst dachte, nämlich, daß es auf der Erde nichts gebe, worauf man sich verlassen könne. Hier habe er nun den besten, schweigsamsten Kameraden gehabt; aber sei er denn nun nicht auch von diesem betrogen worden? Immerfort betrachtete er den Sarg, als wollte er durch ihn hindurchsehen. Schließlich, als er sich fortgesetzt ruhig verhielt, nahm er wieder die Geige zur Hand und begann zu spielen.

Aber nun wollte die Geige nicht mehr. Wie weich und zärtlich er auch darüber hinstrich, es drangen keine Melodien mehr daraus hervor. Das war so traurig, daß er beinahe geweint hätte. Er hatte die Absicht gehabt, den ganzen Tag ruhig sitzen zu bleiben und seiner Geige zuzuhören, und nun wollte die nicht mehr.

Er konnte sich auch den Grund wohl denken. Die Geige war unruhig und fürchtete sich vor dem, was sich in dem Sarg da unten bewegte. Sie hatte all ihre Lieder vergessen und dachte nur noch darüber nach, was es wohl gewesen sein könnte, das an den Sargdeckel geklopft hatte. Denn so ist es ja, man vergißt alles, wenn man Angst hat.

Er fühlte, er mußte die Geige wieder beruhigen, wenn er noch mehr hören wollte.

Er hatte sich so glücklich gefühlt, glücklicher als seit Jahren. – Wenn wirklich etwas Böses in dem Sarg war, wäre es dann nicht am besten, er ließe es aus dem Sarge heraus? Dann würde die Geige wieder froh werden, und es würden wieder schöne Blumen aus ihr herauswachsen.

Entschlossen machte er seinen großen Sack auf und begann zwischen Messern, Sägen und Hämmern zu suchen, bis er einen Schraubenzieher fand. Im nächsten Augenblick war er drunten im Grabe, lag auf den Knien und begann den Sargdeckel loszuschrauben.

Er zog eine Schraube nach der anderen heraus, bis er schließlich den Deckel nach der einen Wand des Grabes zurückschlagen konnte. Zugleich glitt auch das Schweißtuch von dem Gesicht der Scheintoten weg.

Sobald die frische Luft bis zu Ingrid drang, schlug sie die Augen auf. Und nun war es ja licht um sie her. Man mußte sie fortgebracht haben. Nun lag sie in einer gelben Kammer, die eine grüne Decke hatte und einen großen Kronleuchter an der Decke.

Die Kammer war klein, aber das Bett war noch kleiner. Warum hatte sie denn das Gefühl, als ob ihre Arme und Beine gefesselt wären? War es, weil sie sich in dem kleinen, engen Bette ruhig verhalten sollte?

Wie merkwürdig, daß man ihr ein Gesangbuch unter das Kinn gelegt hatte! Das tat man ja sonst nur bei Toten!

Zwischen den Fingern hatte sie einen kleinen Blumenstrauß. Ihre Pflegemutter hatte ein paar Zweiglein von ihrem blühenden Myrtenstock abgeschnitten und ihr zwischen die Hände gelegt. Ingrid verwunderte sich sehr. Was war ihrer Pflegemutter nur eingefallen?

Sie sah, daß man ihr ein Kopfkissen mit breiten Spitzen gegeben hatte, sowie ein feines Leintuch, das sie in weichen Falten umgab. Sie freute sich sehr darüber; sie mochte gern etwas Feines. Aber noch lieber hätte sie eine warme Decke gehabt. Es konnte doch für eine Kranke nicht gut sein, wenn sie ohne Decke dalag!

Ingrid war im Begriff, die Hände vor's Gesicht zu schlagen und in Tränen auszubrechen; sie fror gar so bitterlich.

Da fühlte sie plötzlich etwas Hartes und Kühles an ihrer Wange. Sie mußte lächeln; das alte, rote Holzpferdchen, die dreibeinige Kamilla, lag neben ihr auf dem Kopfkissen. Das Brüderchen, das nie einschlafen wollte, wenn es das Pferdchen nicht neben sich im Bette hatte, mußte es ihr hingelegt haben. Das war recht lieb von dem Brüderchen gewesen. Ingrid war dem Weinen näher, als sie begriff, daß das Brüderchen sie mit dem Pferdchen hatte trösten wollen. Aber sie brachte es nicht bis zum Weinen. Plötzlich ging ihr die Wahrheit auf. Das Brüderchen hatte ihr das hölzerne Pferd und die Mutter ihre weißen Myrtenblüten gegeben, und das Gesangbuch hatte man ihr unter das Kinn gelegt, weil man geglaubt hatte, sie sei tot.

Mit beiden Händen erfaßte Ingrid den Rand des Sarges und richtete sich auf. Das kleine, schmale Bett war ein Sarg, und das gelbe Stübchen war ein Grab. Das war alles miteinander sehr schwer zu verstehen. Sie konnte gar nicht begreifen, daß dies sie selbst betraf, daß sie es war, die in ein Leintuch gehüllt und ins Grab gelegt worden war. Sie lag wahrscheinlich doch daheim in ihrem Bett und sah oder träumte dies alles. Es würde sich wohl bald zeigen, daß dies nicht die Wirklichkeit sei, sondern daß alles war wie gewöhnlich.

Plötzlich fand sie eine Erklärung für alles.

»Ich habe oft so sonderbare Träume«, dachte sie. »Dies ist gewiß nur ein Gesicht.«

Und sie seufzte froh und erleichtert auf. Sie legte sich sogar wieder in den Sarg zurück, fest überzeugt, daß es ihr eigenes Bett sei; das war doch auch nicht so sehr breit.

Während dieser ganzen Zeit stand der Mann im Grabe, gerade zu Ingrids Füßen. Er befand sich nur wenige Fuß von ihr entfernt, aber sie hatte ihn noch nicht gesehen.

Dies kam gewiß daher, daß er, sobald die Tote in dem Sarge die Augen aufschlug und sich zu rühren begann, in einer Ecke zusammenkauerte und sich zu verbergen suchte. Sie hätte ihn wahrscheinlich wohl gesehen, obgleich er den Sargdeckel wie einen Schild vor sich hielt, wenn nicht bis dahin gleichsam ein weißer Nebel vor ihren Augen gewesen wäre, so daß sie nur das allernächste ganz deutlich sehen konnte. Sie hatte ja nicht einmal sehen können, daß die Wände um sie her aus Sand waren; die Sonne hatte sie für einen großen Kronleuchter und das Laubdach der Linde für eine Zimmerdecke gehalten.

Der arme junge Mann wartete und wartete, daß das, was sich in dem Sarge bewegte, endlich seines Weges gehen würde. Er dachte nicht anders, als daß es dies von selbst tun werde. Es hatte ja geklopft, weil es heraus wollte. Lange stand er so, den Kopf hinter dem Sargdeckel, in der Erwartung, daß es gehen würde. Und als er glaubte, jetzt werde es fort sein, lugte er hervor. Aber da hatte es sich noch nicht gerührt, sondern lag noch immer auf seinem Lager aus Hobelspänen.

Das gefiel ihm gar nicht; er wollte, die Sache sollte bald ein Ende haben. Seine Geige hatte seit langer Zeit nicht mehr so schön gesprochen wie an diesem Tage; er sehnte sich danach, wieder in Ruhe bei ihr zu sitzen.

Ingrid, die beinahe wieder eingeschlummert war, hörte plötzlich, daß sie in der singenden Mundart von Dalarne angeredet wurde.

»Ich meine, nun wäre es Zeit, daß Du aufstehst!«

Sobald er dies gesagt hatte, verbarg er den Kopf wieder. Er zitterte so über seine Keckheit, daß er den Sargdeckel beinahe hätte fallen lassen.

Der weiße Nebel, den Ingrid vor den Augen gehabt hatte, verschwand vollständig, als sie einen Menschen sprechen hörte. Sie sah einen Mann, der sich am Fußende des Sarges in einem Winkel zusammendrückte und einen Sargdeckel vor sich hinhielt, und augenblicklich wurde sie sich bewußt, daß sie sich nicht hinlegen dürfe und denken, es sei ein Traumgesicht. Hier war gewiß eine Wirklichkeit, die sie sich klar machen mußte. Ganz unwiderleglich schien es sich so zu verhalten, daß der Sarg ein Sarg und das Grab ein Grab war, und daß sie selbst vor ein paar Minuten noch nichts anderes gewesen war, als eine eingekleidete und begrabene Leiche.

Zum erstenmal ergriff sie richtiges Entsetzen vor dem, was ihr widerfahren war. Ach, wie schrecklich, wenn sie bedachte, daß sie in diesem Augenblick wirklich tot sein könnte! Sie hätte eine häßliche, der Verwesung anheimgefallene Leiche sein können! Sie war ins Grab gelegt worden, damit man Erde auf sie würfe, sie war nicht mehr wert als das Gras auf dem Felde; sie war ganz weggeworfen, Speise für die Würmer! Niemand weinte um sie, niemand!

In diesem großen Entsetzen sehnte sich Ingrid mit aller Macht nach der Gegenwart eines Menschen. Sie hatte den Geißbock auf den ersten Blick erkannt, sobald er den Kopf hervorgestreckt hatte. Er war ein alter Bekannter auf dem Pfarrhof, und sie fürchtete sich nicht ein bißchen vor ihm. Nun wollte sie ihn bei sich haben. Es war ihr ganz einerlei, daß er nur ein Narr war. Es war doch jedenfalls ein lebendiger Mensch. Sie wollte ihn so dicht bei sich haben, daß sie fühlen konnte, sie gehöre zu den Lebendigen und nicht zu den Toten.

»Ach, um Gottes Willen, komm' her zu mir!« sagte sie mit Tränen in der Stimme. Sie richtete sich im Sarge auf und streckte die Arme nach ihm aus.

Aber der Dalekarlier dachte nur an sich. Da sie ihn zu sich hinlocken wollte, beschloß er, ihr Bedingungen zu stellen.

»Ich komme, wenn Du Deiner Wege gehen willst«, sagte er.

Ingrid versuchte sogleich, ihm zu gehorchen, und wollte den Sarg verlassen, aber sie war so dicht in Bettücher eingehüllt, daß sie sich nur mit Mühe erheben konnte.

»Du mußt kommen und mir helfen«, sagte sie.

Einesteils war sie gezwungen, dies zu ihm zu sagen, anderenteils tat sie es auch, weil sie so große Angst hatte, sie sei dem Tode in Wahrheit noch nicht entronnen. Sie müßte in der Nähe eines lebendigen Menschen sein.

Er kam auch wirklich, indem er sich zwischen dem Sarg und der einen Seite des Grabes durchzwängte. Er neigte sich über sie, hob sie aus dem Grabe und setzte sie auf den grünen Rasen neben der offenen Grube.

Ingrid konnte nicht anders – sie schlang beide Arme um seinen Hals, lehnte ihren Kopf an seine Schulter und schluchzte. Später begriff sie gar nicht, wie sie es hatte tun können und daß sie keine Angst vor ihm gefühlt hatte. Es geschah teils aus Freude darüber, daß er ein Mensch war, ein lebendiger Mensch, teils aber auch aus Dankbarkeit, daß er sie gerettet hatte.

Lieber Gott, was wäre aus ihr geworden, wenn er nicht gewesen wäre! Er war es gewesen, der den Sargdeckel abgenommen, der sie dem Leben zurückgegeben hatte. Sie wußte ja nicht, wie alles zugegangen war, aber so viel war doch sicher, daß er den Sarg aufgemacht hatte. Was wäre aus ihr geworden, wenn er es nicht getan hätte! Dann wäre sie erwacht, eingesperrt in den schwarzen Sarg. Sie würde geklopft haben, gerufen. Aber wer hätte sie hören können, wenn sie sechs Fuß tief in der Erde lag? Ingrid wagte nicht, daran zu denken, sie zerfloß ganz in Dankbarkeit darüber, daß er sie gerettet hatte. Sie mußte jemand haben, dem sie danken konnte. Sie mußte ihren Kopf an eine menschliche Brust legen und weinen vor lauter Dankbarkeit.

Das Merkwürdigste von allem, was an diesem Tage geschah, war wohl, daß der Dalekarlier sie nicht zurückstieß. Aber er war sich nicht so ganz klar darüber, daß sie lebte. Er glaubte, sie sei tot, und wußte, daß es nicht ratsam sei, sich einem Toten zu widersetzen. Aber sobald es anging, machte er sich von ihr los und sprang in das Grab hinein. Er legte den Deckel wieder auf den Sarg, setzte die Schrauben ein und schraubte sie so fest wie vorher. Jetzt würde der Sarg wohl ganz stille bleiben und die Geige ihre Ruhe und ihre Melodien wieder bekommen.

Mittlerweile saß Ingrid im Gras und versuchte zu überlegen. Sie schaute zur Kirche hinüber und gewahrte die Pferde und Wagen an dem Kirchberg. Nun begann ihr der Zusammenhang klar zu werden. Es war Sonntag, man hatte sie am Morgen begraben, und nun waren die Leute in der Kirche.

Ingrid erschrak heftig. Der Gottesdienst war vielleicht bald vorbei, und dann kamen die Leute heraus und sahen sie. Und sie hatte ja nichts, gar nichts anderes an als ein Leichentuch. Sie war ja beinahe nackend. Wie entsetzlich, wenn so viele Menschen aus der Kirche kamen und sie so sahen! Diesen Anblick würden sie nie wieder vergessen. Und sie müßte sich ihr ganzes Leben lang darüber schämen.

Wo sollte sie nur Kleider herbekommen? Einen Augenblick dachte sie daran, den Pelz des Dalekarliers überzuwerfen, aber es kam ihr vor, als würde sie dadurch anderen Menschen doch nicht viel ähnlicher.

Rasch wandte sie sich an den Verrückten, der noch mit dem Sarg-deckel beschäftigt war.

Und in demselben Augenblick war sie schon neben dem großen le-dernen Sack, der Waren für eine ganze Marktbude enthielt, und begann ihn zu öffnen.

»Ach, komm und hilf mir!« rief sie.

Sie brauchte nicht vergebens zu bitten. Als der Dalekarlier sah, daß sie sich an seinem Sack zu schaffen machte, kam er schnell aus dem Grabe heraus.

»Bist Du an meinem Sack, Du!« fragte er drohend.

Ingrid merkte gar nicht, daß er in einem harten Tone mit ihr sprach; sie betrachtete ihn fortgesetzt als ihren besten Freund.

»Ach, lieber, guter Mann«, sagte sie, »hilf mir, daß nicht die Leute hierher kommen und mich sehen! Nimm Deine Waren heraus und verstecke sie an irgend einem Orte, mich aber laß in Deinen Sack kriechen und dann trage mich heim. Ach, tue es, bitte, bitte! Ich bin aus dem Pfarrhaus, und es ist nur eine kurze Strecke bis dorthin. Du weißt doch, wo es steht!«

Der Mann betrachtete sie mit einem vollständig ausdruckslosen Blick. Sie wußte nicht, ob er von dem, was sie sagte, ein einziges Wort verstand.

Sie wiederholte es, aber er machte keine Miene, ihr zu gehorchen.

Wieder begann sie die Sachen aus dem Sack herauszunehmen. Da stampfte er auf den Boden und riß den Sack an sich.

Ach Gott, wie konnte Ingrid ihn nur dazu bringen, ihr zu gehorchen?

Neben ihr im Gras lag eine Geige und ein Fidelbogen. Sie hob sie auf, sie wußte selbst nicht warum. Sie war wahrscheinlich soviel mit Geigenspielern zusammengewesen, daß sie es nicht sehen konnte, wenn eine Geige auf dem Boden lag.

Sobald sie die Geige anrührte, ließ er den Sack los und entriß sie ihr.

Er war offenbar ganz außer sich, daß sie die Geige berührt hatte, und sah sehr böse aus.

Was in aller Welt konnte sie nur ausfindig machen, daß sie von hier wegkam, ehe die Leute die Kirche verließen?

Sie begann ihm alles mögliche zu versprechen, wie man es bei Kindern macht, wenn man sie artig haben möchte.

»Ich will Vater bitten, Dir ein ganzes Dutzend Sensen abzukaufen, und wenn Du auf den Pfarrhof kommst, will ich alle Hunde einsperren. Ich will Mutter bitten, Dir eine gute Mahlzeit zu geben.«

Aber es war kein Anzeichen da, daß er nachgeben würde.

Da fiel ihr die Geige ein, und in ihrer Verzweiflung rief sie:

»Wenn Du mich ins Pfarrhaus trägst, will ich Dir vorspielen!«

Da endlich flog ein Lächeln über sein Gesicht. Das war es wohl, was er haben wollte.

»Den ganzen Nachmittag werde ich Dir vorspielen; ich spiele Dir, so lange Du willst.«

»Willst Du die Geige neue Melodien lehren?« fragte er.

»Ja, das will ich sicherlich.«

Aber in demselben Augenblick wurde Ingrid überrascht und beschämt zugleich, denn er griff heftig nach dem Sack und zog ihn weg. Er schleppte ihn über die Gräber hin; und die Pfennigkräuter und Amberstöcke, die auf ihnen wuchsen, wurden unter ihm zerdrückt wie unter einer Walze.

Er zog ihn zu einem Haufen von dürrem Laub und Reisig und verwelkten Blumensträußen, der neben der Kirchhofmauer lag. Hier nahm er alles heraus, was in dem Sack war, und versteckte es gut unter dem Reisig.

Als der Sack leer war, kam er damit zu Ingrid zurück.

»Nun kannst Du hineinsteigen«, sagte er.

Ingrid stieg hinein und kauerte auf dem Holzboden nieder. Der Mann schnallte alle Riemen eben so sorgfältig zu, wie wenn er mit seinen gewohnten Waren umherzog, dann duckte er sich nieder, daß er beinahe auf die Knie fiel, steckte die Arme durch die Tragriemen, schnallte zwei Riemen kreuzweis über die Brust und stand auf. Als er ein paar Schritte gegangen war, fing er an zu lachen. Er trug einen Sack auf dem Rücken, der so leicht war, daß er damit tanzen konnte.

Es war nicht mehr als eine Viertelmeile von der Kirche bis zum Pfarrhaus. Der Dalekarlier konnte den Weg in zwanzig Minuten zurücklegen. Ingrid wünschte nichts weiter, als daß er so rasch wie möglich gehe, damit sie vor den Kirchgängern und dem Trauergeleite daheim ankomme. Sie konnte den Gedanken nicht ertragen, daß so viele Leute sie sehen würden. Es wäre am besten, wenn sie nach Hause käme, solange niemand anders auf dem Hof war, als ihre Pflegemutter und die Mägde.

Ingrid hatte das Sträußchen von dem Myrthenbäumchen ihrer Pflegemutter aus dem Sarg mitgenommen. Sie freute sich so über diese Gabe, daß sie sie einmal ums andere küßte. Es brachte sie dazu, freundlicher an die Pflegemutter zu denken als zuvor. Aber natürlich hätte sie ohnedies auch mit freundlichem Sinn an sie gedacht. Wer eben aus dem

Grabe zurückkehrt, denkt mit freundlichem Sinn an alles, was lebt und sich auf der Oberfläche der Erde bewegt.

Nun begriff sie so gut, daß die Pfarrfrau ihre eigenen Kinder lieber hatte als die Pflegetochter. Und wenn die Pfarrleute arm waren und nicht einmal ein Kindermädchen halten konnten, kam es ihr jetzt ganz selbstverständlich vor, daß sie die kleinen Geschwister hüten mußte. Und wenn die Geschwister nicht gut gegen sie waren, so kam es daher, daß sie gewohnt waren, Ingrid für eine Magd zu halten. Es war nicht leicht für die Kleinen, immer daran zu denken, daß sie als ihre Schwester im Pfarrhaus aufgenommen worden war.

Und alles in allem genommen, kam alles miteinander von der Armut her. Wenn der Vater einmal ein anderes Amt bekäme, wenn er Propst würde, oder doch wenigstens Pfarrer in einem Kirchspiel, dann würde alles gut werden. Dann würde es wohl wieder werden wie in der ersten Zeit, wo sie von allen geliebt worden war. Ach, es würde gewiß alles wieder wie früher! Ingrid küßte ihre Blumen. Mutter hatte vielleicht gar nicht hart sein wollen. Die Armut nur war es, die sie so merkwürdig böse machte.

Aber nun sollte es ihr auch ganz einerlei sein, wie man künftig gegen sie sein würde. In Zukunft sollte sie nichts mehr betrüben, denn nun würde sie immer froh sein, daß sie noch lebte. Und wenn es ihr wieder einmal so recht schwer ums Herz wurde, dann wollte sie nur an die Myrthen der Mutter und an die Kamilla des Brüderchens denken.

Es war schon Freude genug, daß sie hier lebendig davongetragen wurde. Am Morgen hätte niemand geglaubt, daß sie jemals wieder über diese Wege und Hügel zurückkommen würde! Und der duftende Klee, und die Vöglein, die sangen, und die schönen schattigen Bäume, all dies war zur Freude der Lebendigen da; all dies war nicht für sie dagewesen.

Aber wie gesagt, sie hatte nicht viel Zeit, darüber nachzudenken, denn in zwanzig Minuten war der alte Dalekarlier am Pfarrhof.

Niemand war daheim als die Pfarrerin und die Mägde, gerade wie Ingrid es sich gewünscht hatte. Die Pfarrfrau hatte den ganzen Vormittag viel zu tun gehabt, das Essen zum Leichenschmaus zu kochen. Nun erwartete sie die Gäste in kurzem, und es war alles so gut wie fertig. Sie war eben im Schlafzimmer und hatte ihr schwarzes Kleid angezogen.

Sie warf einen Blick auf den Weg nach der Kirche, aber es waren noch keine Wagen zu sehen. Da benützte sie die Zeit und ging noch einmal in die Küche, um das Essen zu kosten.

Sie war ganz befriedigt, denn alles war wohl geraten, und darüber muß man sich freuen, selbst wenn man in Trauer ist. In der Küche war nur eine Magd, und diese hatte die Pfarrerin aus ihrer eigenen Heimat mitgebracht, so daß sie nun dachte, mit ihr könne sie wohl vertraulich reden.

»Du, Lisa«, begann sie, »ich meine, mit solch einem Leichenschmaus kann jedermann zufrieden sein, wer es auch sein mag.«

»Ach, wenn sie doch auf die Erde herunterschauen, und sehen könnte, welche Ehre Sie ihr antun!« sagte Lisa. »Das würde sie freuen.«

»O«, sagte die Pfarrerin, »über mich würde sie sich doch nie freuen.«

»Nun ist sie tot«, sagte das Mädchen, »und ich bin nicht die, die über jemand, der kaum begraben ist, etwas sagt.«

»Ich habe von meinem Mann ihretwegen oft harte Worte hören müssen«, sagte die Pflegemutter.

Die Pfarrerin hatte das Verlangen, mit jemand über die Verstorbene zu sprechen. Ihr Gewissen hatte ihr Vorwürfe gemacht, und deshalb hatte sie eine so großartige Leichenfeier veranstaltet. Sie meinte, die Gewissensbisse könnten wohl aufhören, da sie sich ja jetzt so viele Mühe mit dem Begräbnis gegeben habe, aber das geschah trotzdem nicht. Und ihrem Mann schlug sein Gewissen auch; er sagte, das junge Mädchen habe es nicht so gehabt, wie eines ihrer eigenen Kinder, was sie doch versprochen hätten, als sie es adoptierten. Und er sagte, es wäre besser gewesen, wenn sie Ingrid gar nicht genommen hätten, da sie es doch nicht hätten vermeiden können, sie fühlen zu lassen, daß sie ihre eigenen Kinder lieber hatten als sie. – Und nun mußte die Pflegemutter mit jemand über das Mädchen reden, um zu hören, ob die Leute dächten, sie habe es schlecht behandelt.

Sie sah, daß Lisa plötzlich sehr heftig in einem Kochtopf zu rühren begann, als werde es ihr schwer, ihren Zorn zu unterdrücken. Lisa war eine kluge Magd, die gut verstand, wie sie sich bei der Hausfrau wohl dran machen konnte.

»Man sollte doch meinen«, begann Lisa, »wenn man eine Mutter hat, die immer für einen sorgt und aufpaßt, daß man gesund und rein ist, so könnte man ihr wohl gehorsam sein und ihr Freude machen. Und wenn man in einem guten Pfarrhause sein darf und zu etwas Besserem herangezogen wird, so sollte man versuchen, sich nützlich zu machen und nicht nur törichtes Zeug treiben und träumen. Ich möchte wohl wissen, wie es gegangen wäre, wenn Sie sich nicht um das arme Ding angenommen hätten. Sie wäre wahrscheinlich mit den Seiltänzern umhergezogen und hätte wie ein Landstreicher am Wege sterben müssen.«

Da trat ein Dalekarlier in den Hof, einer, der den Kramsack auf dem Rücken trug, obgleich es Sonntag war. Ganz ruhig kam er zu der offenen Küchentür herein und knickste, als er eintrat, obgleich niemand seinen Gruß erwiderte.

Die Hausfrau und die Magd sahen ihn zwar, aber als sie ihn erkannten, fanden sie es nicht der Mühe wert, ihr Gespräch zu unterbrechen.

Die Pfarrerin war sehr darauf aus, es fortzusetzen; sie merkte, daß sie gerade das zu hören bekommen würde, was ihr zur Erleichterung ihres Gewissens not tat.

»Es ist vielleicht ganz gut, daß sie fort ist«, sagte sie.

»Wissen Sie was, Frau Pfarrer«, sagte das Mädchen eifrig, »ich glaube, der Herr Pfarrer meint das auch, jedenfalls wird er es bald genug merken. Sie werden sehen, nun gibt es Frieden hier im Hause, und danach sehnt er sich sehr.«

»Ach ja«, sagte die Pflegemutter, »ich war ja gezwungen, etwas zurückzuhalten. Immer sollten Kleider für sie angeschafft werden, es war ganz schrecklich. Er hatte solche Angst, sie könne nicht ebenso viel bekommen wie die anderen, daß sie manchmal sogar mehr bekam. Und man brauchte so viel Stoff für sie, jetzt, wo sie erwachsen war.«

»Nun gibt die Frau Pfarrer wohl der Grete das Musselinkleid?«

»Ja, entweder der Grete, oder vielleicht behalte ich es auch selbst.«

»Sie hinterläßt nicht viel, die Ärmste.«

»Niemand verlangt eine Erbschaft von ihr«, sagte die Pflegemutter. »Ich wäre froh, wenn ich mich an ein einziges gutes Wort von ihr erinnern könnte.«

Dies war nur so eine Redensart, wie man sie führt, wenn einen das Gewissen schlägt und man sich verteidigen möchte. Die Pflegemutter meinte gar nicht, was sie sagte.

Der Dalekarlier betrug sich genau so, wie wenn er kam, um zu handeln. Zuerst sah er sich eine Weile in der Küche um, schob dann ganz langsam den Sack auf einen Tisch und schnallte die Trag- und Schnürriemen auf. Hierauf schaute er sich noch einmal um, ob nicht ein Hund oder eine Katze in der Nähe sei, richtete sich dann auf und öffnete die beiden Lederklappen, die mit unzähligen Schnallen und Knoten zugemacht waren.

»Er braucht sich heute keine Mühe zu machen, seinen Sack zu öffnen«, sagte Lisa. »Es ist Sonntag, und da weiß er wohl, daß wir nichts kaufen.«

Aber sie kümmerte sich nicht weiter darum, daß der Verrückte fortfuhr, die Riemen zu lösen. Sie wandte sich an die Pfarrerin. Das war eine gute Gelegenheit für sie, sich bei der Herrin in Gunst zu setzen.

»Ich weiß nicht einmal, ob sie gegen die Kinder gut war. Recht oft hörte ich die im Kinderzimmer weinen und jammern.«

»Wie sie gegen die Mutter war, so war sie wohl auch gegen die Kinder«, sagte die Pfarrerin, »aber nun weinen sie natürlich, daß sie tot ist.«

»Sie verstehen ihren eigenen Vorteil nicht«, sagte die Magd, »aber die Frau Pfarrer kann ganz sicher sein, in einem Monat weint keines von ihnen mehr um die Tote.«

In demselben Augenblick wandten sich beide vom Herde ab und dem Tische zu, wo der Dalekarlier stand und den großen Sack öffnete. Sie hatten einen sonderbaren Laut gehört, etwas, das einem Seufzer oder einem Schluchzen glich. Der Mann machte eben das innerste Fach auf, und aus dem Sack erhob sich die eben begrabene Pflegetochter, genau so, wie man sie in den Sarg gelegt hatte.

Und doch sah sie sich auch wieder nicht ähnlich. Sie sah jetzt gewissermaßen viel mehr wie tot aus, als da sie in den Sarg gebettet wurde. Da hatte sie noch fast dieselbe Farbe gehabt wie bei Lebzeiten, nun aber war das Gesicht aschfahl, die Lippen blauschwarz, und die Augen lagen tief in ihren Höhlen.

Sie sagte nichts, aber ihr Gesicht drückte die größte Verzweiflung aus, und das Myrtensträußchen, das sie von der Pflegemutter bekommen hatte, streckte sie dieser entgegen, flehend und abwehrend zugleich.

Das war kein Anblick, den Menschen aushalten konnten.

Die Pflegemutter fiel ohnmächtig zu Boden, die Magd blieb einen Augenblick wie gebannt stehen, starrte die Tochter und die Mutter an, schlug die Hände vors Gesicht und sprang in die Magdkammer neben der Küche und riegelte sich ein.

»Nein«, sagte sie, »mit mir hat sie nichts zu schaffen, da brauche ich nicht dabei zu sein.«

Aber Ingrid wandte sich zu dem Dalekarlier.

»Schließ' mich wieder in Deinen Sack hinein und trag' mich fort von hier! Hörst Du! Hörst Du wohl! Trag' mich fort von hier! Trag' mich wieder dahin, wo Du mich geholt hast!«

Zufällig warf der Dalekarlier jetzt einen Blick zum Fenster hinaus. Eine lange Reihe Wagen und Karren fuhr auf der Straße daher und bog in den Hof ein. Ach so! Na ja, dann wollte er nicht dableiben. Das gefiel ihm gar nicht.

Ingrid kroch wieder in dem Sack zusammen; sie sprach kein Wort mehr, sie schluchzte nur.

Die Klappen und Deckel wurden geschlossen; sie wurde wieder auf den Rücken genommen und fortgetragen. Die Gäste, die zum Leichenschmaus kamen, lachten über den Geißbock, der davonlief und vor jedem Pferd, an dem er vorüberkam, knickste.

5.

Mutter Anna Stina war eine alte Frau, die tief im Walde wohnte. Sie pflegte in das Pfarrhaus zur Aushilfe zu kommen. Wenn dort gebacken und gewaschen wurde, kam sie stets wie gerufen hinter den Hügeln hervor. Sie war aber auch eine gute und kluge Frau, und sie und die kleine Ingrid waren immer sehr gute Freunde gewesen. Sobald nun das Mädchen wieder irgend eines Gedankens fähig war, beschloß sie, bei ihr Hilfe zu suchen.

»Höre«, sagte sie zu dem Dalekarlier, »wenn Du auf die Landstraße hinaus kommst, mußt Du in den Wald einbiegen. Dann gehst Du geradeaus, bis Du an ein Gatter kommst, dort wendest Du Dich nach links. Dann gehst Du wieder geradeaus, bis Du an eine große Sandgrube kommst. Von dort aus siehst Du ein kleines Häuschen vor Dir liegen; dorthin sollst Du mich bringen, und dort werde ich Dir vorspielen.«

Der kurze, harte Ton, den sie annahm, während sie ihm dies befahl, tat ihr selbst in den Ohren weh. Aber sie konnte nicht anders, sie mußte so sprechen, wenn er ihr gehorchen sollte. Ach, sie war wohl gerade die Rechte dazu, einem anderen Menschen zu befehlen, sie, die nicht einmal das Recht hatte, zu leben!

Nein, von nun an würde sie nie wieder glauben können, daß sie ein Recht habe, zu leben! Darin lag ja das Schreckliche dieses Erlebnisses. Nun war sie sechs Jahre lang in dem Pfarrhause gewesen und hatte sich nicht einmal soviel Liebe erwerben können, daß man sie dort ins Leben zurückwünschte. Wer aber von niemand geliebt wird, hat kein Recht zu leben.

Sie hätte freilich nicht sagen können, woher sie wußte, daß es sich wirklich so verhielt, aber sonnenklar war es ihr. Sie erkannte es daran, daß in dem Augenblick, wo sie hörte, daß man sie nicht liebe, eine eiserne Hand nach ihrem Herzen gefaßt und es zusammengedrückt hatte, wie um es zum Stillstehen zu zwingen. Ja, es war das Leben selbst, das vor ihr verschlossen wurde. Und gerade als sie sich vom Tode abwandte und die Lebenslust hoch und keck in sich aufflammen fühlte, gerade da wurde ihr das, was einem das Recht gibt zu leben, entrissen!

Das war schlimmer als ein Todesurteil, ja viel grausamer als ein gewöhnliches Todesurteil. Ingrid wußte, womit es zu vergleichen war, mit einem Baum, der nicht auf die gewohnte Weise gefällt wird; indem man nur den Stamm absägt, sondern so, daß man ihm die Wurzeln abhaut, ihn selbst aber in der Erde stehen läßt, damit er nach und nach absterbe. Da steht dann der Baum und kann nicht begreifen, warum er weder Nahrung noch Saft mehr bekommt. Er kämpft und strebt, um zu leben, aber die Blätter werden immer kleiner, er treibt keine neuen Schößlinge mehr, die Rinde fällt ab. Und er muß sterben, weil er von seiner Lebensquelle abgeschnitten worden ist. So ist es, er muß sterben.

Endlich setzte der Dalekarlier den Sack auf den Stufen einer kleinen Hütte nieder, die mitten im wilden Walde stand.

Die Haustür war verschlossen, aber sobald Ingrid aus dem Sack heraus war, zog sie den Schlüssel unter der Türschwelle hervor, schloß auf und trat ein.

Sie kannte das Häuschen und alles, was sich darin befand, ganz genau. Es war nicht das erstemal, daß sie hierher kam, um Trost zu suchen, nicht zum erstenmal, daß sie zu der alten Mutter Stina kam und ihr sagte, sie könne es daheim nicht mehr aushalten, weil die Pflegemutter so hart gegen sie sei, und sie wolle nicht wieder zurück ins Pfarrhaus.

Aber jedesmal, wenn sie zu der Alten gekommen war, hatte diese ihr verständig zugesprochen und sie beruhigt. Sie hatte ihr dann einen schauderhaften Kaffee gekocht, der nicht aus einer einzigen Kaffeebohne, sondern nur aus gerösteten Erbsen und Zichorie bestand, der aber doch Ingrid immer neuen Mut einflößte. Und schließlich brachte Mutter Anna Stina sie so weit, daß sie über alles miteinander lachte und so aufgeheitert wurde, daß sie durch den Wald und über die Hügel vergnügt nach Hause lief.

Diesmal jedoch hätte es Ingrid wohl schwerlich geholfen, selbst wenn Mutter Stina daheim gewesen wäre und ihren schauderhaften Kaffee gekocht hätte. Aber die Alte war drunten im Pfarrhaus bei Ingrids Leichenschmause, denn die Pfarrerin hatte nicht versäumt, alle dazu einzuladen, die die Tochter lieb gehabt hatten. Das kam wohl auch von den Gewissensbissen.

Aber in der Hütte der alten Anna war alles wie sonst. Und als Ingrid das Kanapee mit dem hölzernen Sitz und die Katze und die Kaffeemaschine sah, fühlte sie sich zwar keineswegs getröstet oder aufgeheitert, empfand aber doch, daß sie sich an einem Orte befand, wo sie ihrem Kummer freien Lauf lassen durfte.

Es war ihr eine Erleichterung, an nichts weiter denken zu müssen, sondern ungehindert weinen und klagen zu dürfen.

Sie eilte auf das Kanapee zu, warf sich auf den harten Sitz und weinte, wer weiß wie lange.

Unterdessen saß der Dalekarlier draußen auf der Staffel, denn er wollte der Katze wegen nicht gerne hineingehen. Er dachte, Ingrid werde herauskommen und ihm vorspielen. Die Geige hatte er schon lange herausgenommen. Da Ingrid aber nicht kam, fing er selbst an zu geigen.

Er spielte weich und leise, wie es seine Gewohnheit war; die Töne drangen kaum bis zu dem Mädchen in der Hütte.

Ingrid aber fühlte einen Fieberschauer nach dem anderen durch ihren Körper rieseln. Gerade so war es gewesen, als sie krank wurde, deshalb glaubte sie, die Krankheit breche von neuem aus. Und es wäre wohl auch am besten für sie, wenn das Fieber sie wieder ergriffe und wirklich tötete.

Da drang das Geigenspiel zu ihr herein. Sie richtete sich auf und sah sich mit verwirrten Blicken um. Wer spielte da? War es ihr Student? War er jetzt endlich gekommen?

Aber bald wurde es ihr klar, daß es der Dalekarlier sein mußte, und mit einem Seufzer legte sie sich wieder nieder.

Sie konnte dem nicht folgen, was gespielt wurde. Aber sobald sie die Augen schloß, bekam die Geige die Stimme des Studenten. Ingrid verstand auch, was er sagte. Er sprach mit ihrer Pflegemutter und verteidigte sie; er sprach ebenso schön, wie damals mit Herrn und Frau Blomgren. Ingrid brauche sehr viel Liebe, sagte er. Das sei es gewesen, was ihr gefehlt habe. Deshalb habe sie nicht immer ihre Arbeiten fertig gemacht, sondern sich durch Träume zerstreuen lassen. Aber niemand wisse, wie sie sich für den, der sie wirklich lieb hätte, aufopfern könnte. Für den würde sie Kummer und Krankheit und Verachtung und Armut ertragen. Für den würde sie stark sein wie ein Riese und geduldig wie ein Lamm.

Ingrid hörte ihn ganz deutlich sprechen, und es kam Ruhe über sie. Das war ja alles wahr. Wenn die Pflegemutter sie nur geliebt hätte, dann würde sie gesehen haben, wessen Ingrid fähig war. Da sie aber Ingrid nicht lieb hatte, war diese wie gelähmt gewesen. Ja, gewiß, das war alles wahr.

Nun fühlte sie keine Fieberschauer mehr, sie hörte nur ruhig zu, was der Student sagte. Zwischendurch schlief sie wohl auch, denn sie glaubte einmal ums andere, sie liege im Grabe, und immer war es der Student, der kam und sie aus dem Sarge hob. Sie lächelte und schalt ihn darüber.

»Nun, wo ich träume, da kommst Du immer«, sagte sie.

»Ja, immer bin ich es, der kommt und Dir hilft, Ingrid«, erwiderte er. »Das weißt Du recht gut. Ich hebe Dich aus dem Grabe heraus, ich trage Dich auf meinen Schultern, ich spiele Dich zur Ruhe. Immer bin ich es.«

Was sie aber stets wieder störte und aufweckte, war der Gedanke, daß sie aufstehen und dem Dalekarlier vorspielen müsse. Sie richtete sich mehrere Male auf, um es zu tun, hatte aber nicht die Kraft dazu.

Sobald sie auf das Sofa zurücksank, träumte sie, sie säße zusammengekauert in dem Sack, und der Student trage sie durch den Wald. Immer war er es.

»Aber Du warst es nicht«, sagte sie zu ihm.

»Freilich war ich es«, entgegnete er und lächelte über ihren Widerspruch. »Du hast ja in all den Jahren täglich meiner gedacht, da wirst Du doch begreifen, daß ich nicht anders konnte, als Dich aus dieser großen Gefahr erretten.«

Das fand sie auch ganz selbstverständlich, und sie fing an einzusehen, daß er recht hatte, und daß er es wirklich war.

In diesem Gedanken aber lag nun eine solche Seligkeit, daß sie von neuem erwachte. Und die Liebe durchzitterte ihr ganzes Wesen; es hätte nicht wirklicher sein können, wenn sie den Geliebten tatsächlich gesehen und gesprochen hätte.

»Warum kommt er denn nie im Leben?« sagte sie halblaut. »Warum kommt er immer nur in Träumen?«

Sie wagte nicht, sich zu rühren. Dann wäre das Liebesgefühl entflohen. Ihr war zu Mute, als habe sich ein scheuer Vogel auf ihre Schulter gesetzt, und sie fürchtete, ihn zu verscheuchen.

Wenn sie sich bewegte, würde der Vogel davon fliegen und der Kummer wieder Macht über sie bekommen.

Als sie endlich völlig erwachte, war es dämmerig in der Hütte. Sie mußte also den ganzen Nachmittag und Abend geschlafen haben. Denn um diese Jahreszeit trat die Dämmerung erst um zehn Uhr ein.

Das Geigenspiel hatte auch aufgehört, der Dalekarlier war wohl seiner Wege gegangen. Mutter Anna Stina war aber noch nicht heimgekehrt. Sie blieb gewiß die ganze Nacht fort.

Doch das beunruhigte Ingrid nicht. Sie sehnte sich nach nichts weiter, als sich wieder niederzulegen und weiterzuschlafen. Denn sie fürchtete sich vor dem Kummer und der Verzweiflung, die über sie hereinbrachen, sobald sie erwachte.

Aber da wurde sie etwas gewahr, das ihr zu denken gab. Wer hatte die Türe zugemacht? Wer hatte Mutter Anna Stinas großes Tuch über sie gebreitet? Und wer hatte ein Stück trockenes Brot neben sie auf die Bank gelegt?

Hatte er all dies für sie getan, er, der »Ziegenbock«?

Einen Augenblick war es ihr, als sehe sie den Traum und das Leben nebeneinander stehen und sich überbieten, sie zu trösten. Der Traum stand sonnig und lächelnd da und goß die Seligkeit der Liebe über sie aus, um sie zu erheitern. Aber auch das arme, rauhe, harte Leben kam mit einem kleinen Scherflein der Freundlichkeit, um ihr damit zu zeigen, es meine es nicht so böse mit ihr, wie es den Anschein habe.

6.

Ingrid und Mutter Stina wanderten durch den dunklen Wald. Sie waren schon vier Tage unterwegs und hatten drei Nächte in Sennhütten geschlafen. Ingrid sah müde und erschöpft aus, ihr Gesicht hatte eine durchsichtige Blässe, ihre Augen waren eingesunken und glänzten fieberhaft. Die alte Anna Stina warf ab und zu verstohlen einen unruhigen Blick auf sie und bat Gott in ihrem Herzen, die Kräfte des Mädchens aufrecht zu erhalten, damit es nicht an einem Mooshügel niedersinken und sterben müsse. Bisweilen konnte die Alte sich auch nicht enthalten, einen scheuen Blick hinter sich zu werfen. Sie hatte ein unheimliches Gefühl, als ob der Sensenmann hinter ihnen her durch den Wald schleiche, um sich das Mädchen doch noch zu holen, das ihm durch das Wort Gottes und die hinuntergeworfenen drei Hände voll Erde vermählt worden war. Mutter Anna Stina war klein und breit und hatte ein großes, viereckiges Gesicht, das aber so klug aussah, daß es beinahe schön war. Abergläubisch war sie nicht: sie wohnte ganz allein mitten im Walde und fürchtete sich weder vor Zauberern noch vor Gespenstern. Wie sie aber so neben Ingrid herging, fühlte sie, so sicher, als ob es ihr jemand gesagt hätte, daß sie neben einer ging, die nicht mehr zu dieser Welt gehörte. Dieses Gefühl hatte sie sofort beschlichen, als sie am Montag morgen das Mädchen in ihrer Hütte fand.

Sie war am Sonntag nicht nach Hause gekommen, weil drunten im Pfarrhaus die Pfarrfrau plötzlich erkrankt war, und so war Mutter Anna Stina, die sich gut auf Krankenpflege verstand, dort geblieben, um bei ihr zu wachen. Die ganze Nacht hindurch hatte sie die Kranke davon phantasieren hören, daß Ingrid ihr erschienen sei; aber die Alte hatte es nicht geglaubt.

Und als sie endlich heim kam und das Mädchen in ihrem Stübchen fand, wollte sie sogleich wieder ins Pfarrhaus zurückgehen, um dort zu sagen, daß es kein Gespenst gewesen sei, was die Pfarrfrau gesehen hatte. Als sie aber mit Ingrid darüber sprach, geriet diese in einen solchen Zustand, daß Mutter Anna Stina ihre Absicht nicht auszuführen wagte; es war, als wolle in Ingrid das Leben verlöschen, wie die Flamme eines Lichtes, das bei einem Windstoß flackert und am Ausgehen ist. Sie hätte sterben können, so leicht wie ein gefangener Vogel. Der Tod schien nach dem Mädchen auf Raub auszugehen, darum kam alles darauf an, es zu behüten und vorsichtig zu behandeln, wenn man es am Leben erhalten wollte.

Die Alte wußte, wie gesagt, selbst kaum mehr recht, was sie von Ingrid glauben solle; ob sie nicht doch ein Gespenst sei, so wenig Leben schien noch in ihr zu sein. Sie gab es dann vollständig auf, sie zur Vernunft zu bringen, und willfahrte ihrem Verlangen, niemand wissen zu lassen, daß sie noch lebe. Und dann sann die Alte darüber nach, was nun am besten zu tun wäre. Sie hatte eine Schwester, die auf einem großen Gute in Dalarne Haushälterin war, und beschloß daher, mit Ingrid zu dieser zu gehen und Schwester Stafva zu überreden, dem Mädchen einen Platz auf dem Gute zu verschaffen, Ingrid müsse sich dann damit begnügen, eine geringe Dienstmagd zu werden. Einen anderen Rat wisse sie nicht.

Und nun waren sie auf dem Wege nach diesem Herrenhof. Mutter Anna Stina kannte die Gegend so genau, daß sie nicht auf der Landstraße zu gehen brauchten, sondern einsame Waldpfade einschlagen konnten. Aber da war es ihnen auch schlecht gegangen. Ihre Schuhe waren niedergetreten und zerrissen, ihre Röcke beschmutzt und unten aufgestoßen. Ein kleiner boshafter Tannenzweig hatte einen langen Schlitz in Ingrids Jackenärmel gerissen.

Am Abend des vierten Tages kamen sie aus dem Walde heraus auf einen Hügel, von wo aus sie in ein tiefes Tal schauen konnten. Drunten im Tal breitete sich ein See aus, und nahe am Strande lag eine hohe Insel, auf der ein weißes Herrschaftshaus aufragte. Als Mutter Anna Stina das Haus sah, sagte sie, es heiße Munkhyttan, und dort wohne ihre Schwester.

Da oben auf dem Hügel versuchten die beiden sich nun so hübsch als möglich zu machen. Sie knüpften ihre Kopftücher um, wischten ihre Schuhe mit Moos ab und wuschen sich in einem Waldbach. Und Mutter Anna Stina versuchte an Ingrids Ärmel eine Falte zu legen, damit man den Riß nicht sehen sollte.

Aber die Alte seufzte, als sie das Mädchen ansah, und der Mut wollte sie verlassen, und zwar nicht allein, weil Ingrid in den Kleidern, die sie ihr geliehen hatte, und die ihr gar nicht paßten, so sonderbar aussah, sondern sie fürchtete, Schwester Stafva würde sie nie in ihren Dienst nehmen, denn sie sah entsetzlich schwach aus. Es wäre nicht viel anders gewesen, als wenn sie einen Windhauch hätte dingen wollen. Das Mädchen konnte nicht mehr leisten als ein kranker Schmetterling.

Sobald sie fertig waren, gingen sie den Berg hinunter und auf den See zu. Es war nur eine kurze Strecke, dann waren sie auf dem Boden des Herrenhofes.

Aber welch ein Herrschaftssitz war das!

Große, verwahrloste Äcker, von denen der Wald allmählich wieder Besitz ergriff, erstreckten sich ringsum. Die Brücke, die zu der Insel hinüberführte, war so morsch, daß sie meinten, sie werde kaum noch so lange halten, bis sie darüber gegangen seien. Die Allee, die von der Brücke zum Wohnhaus führte, war mit Gras bewachsen wie ein Wall, und ein vom Sturm gefällter Baum lag quer über dem Weg.

Schön war es freilich auf der Insel, so schön, daß gut ein Schloß hätte darauf stehen können. Aber im Garten gab es nicht eine einzige gepflegte Blume, in dem weiten Park erstickten die Bäume, und große, schwarze Schnecken krochen über die grünen, feuchten Pfade.

Anna Stina wurde unruhig, als sie sah, wie verfallen alles hier war, und sie murmelte vor sich hin: »Was ist das? Ist Schwester Stafva tot? Wie ist es möglich, daß sie es hier so aussehen läßt? Da sah es vor dreißig Jahren, als ich zuletzt hier war, ganz anders aus. Was in aller Welt fällt denn Stafva ein?«

Sie konnte gar nicht begreifen, daß an einem Orte, wo Stafva wohnte, eine solche Unordnung einreißen könnte.

Ingrid ging langsam und zögernd hinter Mutter Anna Stina her. In dem Augenblick, wo sie den Fuß auf die Brücke setzte, hatte sie gemerkt, daß nicht nur zwei, sondern drei darüber gingen.

Es war ihr jemand entgegengekommen, der dann aber wieder umwandte und mit ihr zurückging.

Ingrid hörte keine Schritte, aber der, der mit ihr ging, zeigte sich unklar an ihrer Seite; sie konnte sehen, daß jemand da war.

Sie erschrak heftig und wollte Mutter Anna Stina bitten, wieder umzukehren; sie wollte ihr sagen, hier sei alles so verzaubert, daß sie nicht weiter zu gehen wage. Aber ehe sie ein Wort hervorbrachte, kam der Fremde so dicht an sie heran, daß sie ihn erkennen konnte.

Und die Gestalt, die vorher nur ganz schattenhaft gewesen war, wurde nun klarer und klarer, und schließlich sah sie, daß er es war, der Student!

Nun war es nicht mehr gespensterhaft und unheimlich für sie, daß er da ging. Herrlich und feierlich war es, daß er ihr entgegengekommen war. Es war, als sei er es gewesen, der sie hierhergeführt hatte, und ihr dies nun zeigen wollte, indem er kam und sie begrüßte.

Er ging mit ihr über die Brücke, durch die Allee und sogar mit in das Haus hinein.

Ingrid konnte nicht widerstehen, sie mußte den Kopf immer wieder nach der linken Seite drehen: Da sah sie ja sein Gesicht dicht an ihrer linken Wange. Es war eigentlich nicht einmal ein Gesicht, sondern nur ein wundervolles Lächeln, das ihr zärtlich nahe kam. Wenn sie aber den Kopf wandte, um es deutlich zu sehen, dann war es nicht mehr da. Nein, das war nichts, das sich vollkommen deutlich sehen lassen konnte. Sobald sie jedoch wieder geradeaus schaute, schimmerte es aufs neue dicht neben ihr.

Er, der sie begleitete, sprach nicht. Er tat auch nichts, er lächelte nur; aber das war ihr genug. Ja, es war ihr mehr als genug, denn er zeigte ihr, daß es auf der Welt jemand gab, der sie mit inniger Liebe festhielt.

Sie fühlte seine Nähe als etwas so Wirkliches, daß sie fest überzeugt war, er beschütze sie und wache über ihr. Und vor diesem seligen Bewußtsein wich all die Verzweiflung, die die harten Worte ihrer Pflegemutter in ihr erweckt hatten.

Ingrid fühlte sich dem Leben von neuem zurückgegeben. Wenn jemand sie liebte, hatte sie wieder ein Recht zu leben.

Und daher kam es, daß sie mit einem zarten Rot auf den Wangen und mit strahlenden Glanz in den Augen in die Küche von Munkhyttan eintrat: zart und gebrechlich und durchsichtig, aber so schön wie eine eben erblühte Rose.

Sie ging noch immer wie im Traume und wußte nicht recht, wo sie war, aber was sie am meisten wunderte und sie beinahe aus diesem traumartigen Zustand aufweckte, war, daß drüben am Herde eine zweite Mutter Anna Stina stand. Sie stand dort, klein und breit mit großem, viereckigem Gesicht, gerade wie die andere. Aber warum war diese so fein in einer weißen Haube mit einer großen Schleife unter dem Kinn und in einem schwarzen Bombasinkleid? Ingrid war es so zum Schwindeln wirr im Kopfe, daß sie eine ganze Weile brauchte, bis ihr klar wurde, daß dies Jungfer Stafva sein mußte.

Sie fühlte, wie Mutter Anna Stina unruhige Blicke auf sie richtete und versuchte, sich zusammenzunehmen und guten Tag zu sagen, aber sie kannte und konnte an nichts anderes denken, als daß *er* zu ihr gekommen sei.

Hinter der Küche war ein winzig kleines Kämmerchen mit blau gewürfelten Bezügen auf den Möbeln. Hier wurden sie hineingeführt, und Jungfer Stafva gab ihnen Kaffee und etwas zu essen.

Mutter Anna Stina rückte auch gleich mit ihrem Anliegen heraus. Sie redete sehr lange, sagte, sie wisse, in welchem Ansehen ihre Schwester bei der Frau Bergrat stehe, die daher die Wahl der Dienerschaft ganz der Jungfer Stafva überlasse.

Jungfer Stafva erwiderte nichts darauf, sie warf nur Ingrid einen Blick zu, der so viel sagte, als daß ihr diese Sache nicht anvertraut worden wäre, wenn sie Leute gewählt hätte, die Ingrid geglichen hätten.

Dann rühmte Mutter Anna Stina Ingrid und sagte, diese sei ein brauchbares Mädchen. Bis jetzt habe sie in einem Pfarrhaus gedient, nun aber, wo sie erwachsen sei, möchte sie gern etwas Ordentliches lernen, und da habe Mutter Anna Stina gedacht, sie wolle sie zu jemand bringen, bei dem sie mehr lernen könnte, als bei irgend jemand anderem, den sie kenne.

Auch darauf erwiderte Mutter Stafva kein Wort. Aber ihre Blicke verhehlten ihre Verwunderung darüber nicht, daß ein Mädchen, das in einem Pfarrhaus gedient haben sollte, keine eigenen Kleider hatte, sondern solche von Mutter Anna Stina hatte entlehnen müssen.

Da erzählte die Alte, wie sie selbst allein im Walde gesessen habe, von allen den ihrigen ganz verlassen. Und wie da dieses Mädchen an manchem Abend oder früh am Morgen zu ihr herausgelaufen war, um nach ihr zu sehen. Deshalb habe sie nun geglaubt und gehofft, daß sie ihr einmal zu einem guten Plätzchen verhelfen könne.

Nun sprach Jungfer Stafva und sagte, es sei recht schade, daß sie einen so weiten Weg gemacht hätten, um einen Dienst zu suchen. Wenn das Mädchen brav wäre, könnte es sicher auf einem Gut in ihrem Heimatsbezirk eine Stelle finden.

Nun verstand Mutter Anna Stina, daß ihre Sache schlecht stand, und sie begann daher einen feierlichen Ton anzuschlagen:

»Hier hast Du nun Dein Leben lang in größter Bequemlichkeit und im Überfluß verbracht, Stafva, während ich mich in bitterer Armut durchgekämpft habe. Aber bis zum heutigen Tag habe ich Dich noch nie um etwas gebeten. Und nun willst Du mich wie eine Bettlerin fortgehen lassen, der man etwas zu essen gibt, aber weiter nichts.«

Jungfer Stafva lächelte ein wenig, dann sagte sie:

»Schwester Anna Stina, warum sagst Du mir nicht die Wahrheit? Ich bin auch aus Raglanda, und ich möchte wohl wissen, in welcher Bauernstube dort solche Augen und ein solches Gesicht wüchsen?«

Sie deutete auf Ingrid und fuhr fort:

»Ich verstehe recht gut, daß Du einer helfen möchtest, die so aussieht, aber ich verstehe nicht, wie Du glauben kannst, Deine Schwester Stafva sei so schwach im Kopf geworden, daß Du sie betrügen könntest?«

Mutter Anna Stina erschrak so, daß sie kein Wort mehr hervorbrachte. Ingrid aber beschloß, sich der Alten anzuvertrauen, und fing sogleich an, mit leiser, schöner Stimme ihre Geschichte zu erzählen.

Und kaum hatte Ingrid mit ein paar Worten berichtet, wie sie im Grab gelegen und wie da der Dalekarlier gekommen sei und sie gerettet habe, als Jungfer Stafva ganz rot wurde und sich schnell vorbeugte, um es zu verbergen. Es dauerte nur einen Augenblick, aber es mußte etwas Gutes bedeutet haben, denn sie sah nun ganz freundlich aus.

Sie begann auch gleich, umständlich nach allem zu fragen, und vor allem wollte sie wissen, ob Ingrid sich vor dem Irrsinnigen gefürchtet habe.

Ach nein, sagte Ingrid, er tue keinem Menschen etwas zu leide. Er sei auch gar nicht verrückt, er könne ja kaufen und verkaufen, er sei nur verschüchtert.

Am schwersten aber wurde es Ingrid, das zu erzählen, was sie die Pflegemutter hatte sagen hören; aber sie berichtete es aufrichtig, wenn auch mit schluchzender Stimme.

Da stand Jungfer Stafva auf, trat zu ihr, schob ihr das Kopftuch zurück und sah ihr tief in die Augen. Dann streichelte sie ihr die Wange und sagte:

»Überspringen Sie das nur, Kleine, das brauche ich nicht zu wissen. Aber nun müssen meine Schwester und Fräulein Ingrid entschuldigen«, fügte sie hinzu, »ich muß der gnädigen Frau den Kaffee bringen. Ich komme aber gleich wieder und höre dann die Fortsetzung.«

Als sie wieder zurückkam, sagte sie, sie habe der Bergrätin von dem jungen Mädchen erzählt, das im Grabe gelegen habe. Und nun möchte ihre Frau Ingrid gerne sehen.

Sie wurden die Treppe hinauf geführt ins obere Stockwerk und in den kleinen Salon der Frau Bergrat.

Mutter Anna Stina blieb in dem feinen Zimmer an der Tür stehen, Ingrid aber war gar nicht schüchtern, sie ging gleich auf die alte Dame zu und gab ihr die Hand. Sie war vor anderen, die viel weniger vornehm aussahen, oft recht verlegen gewesen, aber hier fühlte sie sich gar nicht bedrückt. Sie empfand nur ein unendliches Glück, daß sie hierher gekommen war.

»Das ist also die Kleine, die begraben gewesen ist?« fragte die Bergrätin und nickte ihr freundlich zu. »Wenn es Dir nicht zu viel ist, dann erzähle mir Deine Geschichte, mein Kind. Ich lebe hier so einsam, daß ich nichts sehe und höre.«

Und Ingrid fing von neuem an zu erzählen. Aber sie war noch nicht weit gekommen, als sie unterbrochen wurde. Die gnädige Frau machte es gerade wie Jungfer Stafva. Sie stand auf, schob Ingrid das Kopftuch zurück und sah ihr in die Augen.

»Ja, ja«, sagte sie, mit sich selbst sprechend, »ich kann es verstehen. Ich begreife, daß er diesen Augen gehorchen mußte.«

Zum erstenmal in ihrem Leben wurde Ingrid wegen ihres Mutes gelobt. Die Bergrätin meinte, sie sei sehr mutig gewesen, daß sie gewagt habe, sich einem Verrückten anzuvertrauen.

Sie habe allerdings ein wenig Angst gehabt, erwiderte Ingrid, aber noch mehr habe sie sich davor gefürchtet, daß die Menschen sehen könnten, wie sie damals aussah, und er tue ja niemand etwas zu leide, er sei fast ganz richtig, und er sei sehr gut.

Nun wollte die gnädige Frau wissen, wie er heiße, aber das wußte Ingrid nicht. Sie hatte nie einen anderen Namen gehört als »Geißbock«.

Mehrere Male fragte die Bergrätin, wie er sich betrage, wenn er seine Waren anbiete, und ob sie nicht über ihn gelacht habe und gedacht, er sehe abschreckend aus, der – »Geißbock«.

Es klang ganz sonderbar, die gnädige Frau das Wort Geißbock aussprechen zu hören. Sie sagte es mit unendlicher Bitterkeit, und doch wiederholte sie es einmal ums andere.

Nein, sagte Ingrid, er sei ihr gar nicht abschreckend vorgekommen. Und sie lache nicht über solche Unglückliche.

Die Bergrätin sah immer freundlicher aus, je länger sie mit Ingrid sprach.

»Es scheint, daß Du Dich auf irrsinnige Leute verstehst, mein Kind«, sagte sie. »Das ist eine große Gabe, die meisten fürchten sich vor solchen armen Menschen.«

Sie hatte Ingrids Erzählung bis zum Schlusse zugehört und saß nun nachdenklich da.

»Da Du nun kein anderes Heim hast, mein Kind«, sagte sie schließlich, »so biete ich Dir an, bei mir zu bleiben. Ich alte Frau wohne hier ganz allein; Du kannst mir Gesellschaft leisten, und ich werde dafür sorgen, daß Du alles erhältst, was Du brauchst. Was sagst Du dazu, mein Kind?«

»Es kann eine Zeit kommen«, fuhr die gnädige Frau fort, »da wir Deine Eltern benachrichtigen müssen, daß Du noch lebst, aber vorläufig soll alles bleiben, wie es ist, damit Du Zeit hast, Dich zu beruhigen. Und Du darfst mich Tante nennen, aber wie soll ich Dich nennen, meine Liebe?«

»Ingrid, Ingrid Berg.«

»Ingrid«, wiederholte die Bergrätin nachdenklich. »Ich möchte Dich lieber anders nennen. Als Du mit Deinen Sternenaugen hier eintratst, dachte ich gleich, Du müßtest Mignon heißen.«

Als dem Mädchen nun klar wurde, daß es hier eine wirkliche Heimat finden sollte, war es ihr eine neue Bekräftigung dafür, daß sie auf übernatürliche Weise hierhergeführt worden war. Und sie flüsterte einen Dank ihrem unsichtbaren Beschützer zu, noch ehe sie der Bergrätin, Jungfer Stafva und Mutter Anna Stina dankte.

Ingrid schlief in einem Himmelbett, schaukelte sich auf anderthalb Ellen hohen Federkissen, hatte daumenbreite Hohlsäume am Bettuch und eine seidene Decke, die mit schwedischen Kronen und französischen Lilien bestickt war. Das Bett war sehr breit, so breit, daß sie liegen konnte, wie es ihr behagte, der Länge oder der Quere nach, und es war so hoch, daß sie zwei Stufen hinaufsteigen mußte, um hineinzukommen. Oben am Betthimmel schwebte ein Amor und ließ bunte Gardinen über sie herabwallen, und unten auf den Bettpfosten saßen andere Amoretten und hielten den Stoff in Bogen in die Höhe.

In dem Zimmer, wo das Bett stand, war auch eine alte, geschweifte, mit Zitronenholz eingelegte Kommode, und aus dieser durfte Ingrid weißes, duftendes Linnen herausnehmen, so viel ihr behagte. Außerdem war ein Schrank da voll schöner, bunter Kleider aus Seide und Musselin, die nur zu warten schienen, welches von ihnen sie anzuziehen beliebe.

Wenn sie am Morgen erwachte, stand neben ihr ein Kaffeebrett, das von Silber und altem, ostindischen Porzellan schimmerte. Und jeden Morgen bissen ihre kleinen, weißen Zähne in feines Weizenbrot und herrliches Mandelbackwerk. Jeden Tag kleidete sie sich in ein leichtes Musselingewand mit kreuzweis gebundenem Spitzentuch. Ihr Haar wurde im Nacken hoch aufgesteckt, und um die Stirne und an den Schläfen trug sie kleine Korkzieherlöckchen.

An der Wand zwischen den Fenstern hing ein Spiegel mit einem schmalen Glas in breitem Goldrahmen; da konnte sie sich besehen, ihrem Bilde zunicken und fragen: »Bist Du das? Bist Du es wirklich? Wie bist Du hierher gekommen?«

Tagsüber, wenn Ingrid das Zimmer mit dem Himmelbett verlassen hatte, pflegte sie in dem schönen Salon zu sitzen und zu sticken oder auf Seide zu malen, und wenn sie dessen müde wurde, spielte sie auf der Guitarre und sang kleine Lieder dazu, oder sie unterhielt sich mit der Bergrätin, die sie französisch lehrte und sich ein Vergnügen daraus machte, sie zur feinen Dame auszubilden.

Aber ein verzaubertes Schloß war es doch, in das sie gekommen war. Es wurde ihr schwer, sich von diesem Gedanken los zu machen. Sie hatte ihn von dem ersten Augenblick an gehabt, und er überkam sie immer aufs neue.

Kein Mensch kam herein, keiner zog hinaus. In dem großen Hause wurden nur ein paar Zimmer bewohnt. Die anderen betrat niemand. Niemand ging in den Garten, niemand pflegte ihn. Auf dem ganzen Hof gab es nur einen Knecht und einen alten Mann, der Holz hackte. Und Jungfer Stafva hatte nur zwei Mägde, die ihr in der Küche und bei der Milchwirtschaft halfen.

Aber es gab stets feine Gerichte auf dem Tisch, und die gnädige Frau und Ingrid waren immer bedient und angekleidet wie feine, vornehme Damen.

Und wenn auch sonst nichts auf dem alten Herrschaftssitz gedieh, so war es doch jedenfalls ein Ort mit fruchtbarem Boden für Träume. Und wenn auch niemand Blumen und Kräuter hier pflegte, so sorgte doch Ingrid treulich für ihre Traumrosen. Diese wuchsen um sie her, sobald sie nur eine einsame Stunde hatte. Da war es ihr, als bildeten rote Traumrosen einen Thronhimmel über ihr.

Rings um die Insel herum, wo die Bäume sich über das Wasser beugten, so daß ihre langen Zweige tief zwischen das Schilfrohr hinabhingen, wo Büsche und hohe Bäume standen, die hier ganz besonders üppig emporwuchsen, führte ein Fußpfad, den Ingrid besonders liebte. Hier erschien ihr alles so wunderbar: die Bäume, deren Stämme mit eingeschnittenen Buchstaben bedeckt waren, die alten Bänke und Ruheplätze, sowie ein paar morsche Gartenhäuschen, die dem Einstürzen nahe schienen, so daß sie sie nicht zu betreten wagte.

Wie merkwürdig war es doch, sich zu denken, daß es hier einst Menschen gegeben haben sollte, Menschen, die gelebt, geschwärmt und geliebt hatten, und daß hier nicht immer ein verzaubertes Schloß gewesen war!

Hier am See war die Verzauberung am stärksten. Hier kam jenes Antlitz mit dem Lächeln zu ihr. Hier konnte sie ihm, dem Studenten danken, daß er sie hierher geleitet hatte, wo sie so glücklich war, wo man sie lieb hatte und sie vergessen machte, wie hart andere sie behandelt hatten.

Wenn er es nicht so eingerichtet hätte, würde man ihr sicherlich nicht erlaubt haben, hier zu bleiben; das wäre unmöglich gewesen.

Sie wußte, daß er es sein mußte. Noch niemals hatte sie solche wilde Gedanken gehabt; sie hatte immer an ihn gedacht, aber nie hatte sie gefühlt, daß er ihr nahe sei und sie beschütze.

Eines nur hätte sie gerne gewußt. Wann er selbst kommen würde? Denn kommen mußte er ja einmal. Es war nicht unmöglich, daß er hierherkam. In diesen Alleen hatte er einen Teil seiner Seele zurückgelassen.

* *
*

Der Sommer verging und der Herbst auch. Weihnachten rückte heran.

»Fräulein Ingrid«, sagte Jungfer Stafva eines Tages, etwas geheimnisvoll, »ich glaube, Sie sollten wissen, daß der junge Herr, dem dieses Gut gehört, zu Weihnachten nach Hause kommt. Wenigstens pflegte er zu kommen«, fügte sie mit einem Seufzer hinzu.

»Die gnädige Frau hat doch niemals erwähnt, daß sie einen Sohn hat«, sagte Ingrid.

Aber eigentlich war sie nicht überrascht. Die Antwort, ›das habe ich schon lange gewußt‹, lag ihr auf der Zunge.

»Bis jetzt hat ihn niemand vor Fräulein Ingrid erwähnt«, sagte Jungfer Stafva, »weil die gnädige Frau uns verboten hat, von ihm zu sprechen.«

Und mehr wollte Jungfer Stafva auch nicht sagen.

Und Ingrid wagte nicht weiter zu fragen, denn sie scheute sich davor, etwas Bestimmtes zu erfahren. Sie hatte ihre Erwartungen so hoch gespannt, daß sie selbst fürchtete, sie könnten versagen. Es wäre vielleicht gut, wenn sie die Wahrheit erführe; aber diese konnte auch bitter sein und ihre schönsten Träume zerstören.

Nach dieser Unterredung aber war er Tag und Nacht um sie. Sie hatte kaum Zeit, mit anderen zu sprechen, so unausgesetzt mußte sie mit ihm zusammen sein.

Eines Tages sah sie, daß in der Allee der Schnee weggefegt war. Da erschrak sie beinahe. Kam er nun vielleicht?

Am nächsten Tage saß die Bergrätin vom frühen Morgen an am Fenster und schaute auf den Weg hinaus. Ingrid hatte sich etwas tiefer ins Zimmer gesetzt. Ihre Unruhe war so groß, daß sie nicht am Fenster zu sitzen wagte.

»Weißt Du, wen ich heute erwarte, Ingrid?« fragte die Bergrätin plötzlich.

Das Mädchen nickte, sie traute ihrer Stimme nicht, um zu antworten.

»Hat Jungfer Stafva Dir auch gesagt, daß mein Sohn sonderbar ist?«

Ingrid schüttelte den Kopf.

»Er ist sehr sonderbar – – er – – Ich kann nicht darüber sprechen, ich kann nicht – – Du mußt es selbst sehen –«

Das klang herzzerreißend. Ingrid wurde es ganz unheimlich zu Mute. Was war es nur, daß hier auf dem Hof alles so sonderbar machte? War es etwas Entsetzliches, von dem sie nichts wußte? Waren Mutter und Sohn entzweit? Was war es, was war es?

In dem einen Augenblick war sie überglücklich, in dem nächsten wie vom Fieber geschüttelt vor Angst und Zweifel. Sie mußte die ganze lange Reihe der Erscheinungen herbeirufen, um wieder zu fühlen, daß er, der Student, es sein mußte, der kam.

Sie konnte durchaus nicht sagen, warum sie so sicher glaubte, daß gerade er der Sohn des Hauses sein müsse. Er konnte ja ebensogut auch ein ganz anderer sein. Ach, wie schwer war es doch, daß sie nie seinen Namen gehört hatte!

Das wurde ein langer Tag. In einer einzigen stillen Erwartung saßen die beiden bis zum Abend.

Da kam der Knecht mit einer Fuhre Weihnachtsholz angefahren; das Pferd blieb auf dem Hof stehen, während das Holz abgeladen wurde.

»Ingrid«, rief die gnädige Frau mit heftigem, befehlenden Ton, »lauf hinunter und sage Anders, daß er das Pferd augenblicklich in den Stall führen soll! Schnell, schnell!«

Das Mädchen eilte die Treppe hinunter und trat auf die Veranda. Aber dort angekommen, vergaß sie, dem Knecht zu rufen. Gerade hinter der Holzlast tauchte ein großer Mann in einem Schafpelz, einen großen Sack auf dem Rücken, auf. Sie hätte nicht zu sehen brauchen, wie er dastand und knickste und knickste, um ihn wieder zu erkennen.

Aber, aber – sie legte die Hand an die Stirne und atmete schwer. Wie sollte sie das jemals verstehen lernen? Hatte die gnädige Frau sie um dieses Menschen willen heruntergeschickt? Und warum führte der Knecht das Pferd in so großer Eile weg? Und warum nahm er die Mütze ab und grüßte? Was ging der Verrückte die Leute auf dem Hofe an?

Dann brach die Wahrheit plötzlich über Ingrid herein, so schlagend, so vernichtend, daß sie hätte laut aufschreien können. Nicht der Geliebte hatte über ihr gewacht, nein, dieser Verrückte war es gewesen. Und weil sie so gut von ihm gesprochen hatte, deshalb hatte sie hier bleiben dürfen. Weil seine Mutter eine gute Tat vollenden wollte, die er angefangen hatte!

Der »Geißbock« – das war der junge Herr!

Aber zu ihr würde niemand kommen. Niemand hatte sie geleitet, niemand sie erwartet. Träume, Hirngespinste, Augentäuschungen waren es gewesen!

Ach, wie bitter war das! Wenn sie ihn doch nur niemals erwartet hätte!

In der Nacht jedoch, als Ingrid in dem Himmelbett unter den bunten Vorhängen des Baldachins lag, träumte sie einmal ums andere, daß sie den Studenten hereinkommen sähe.

»Du warst es nicht, der kam«, sagte sie dann.

»Doch ich war es«, erwiderte er.

Und im Traum glaubte sie ihm.

7.

An einem Tag in der Woche nach Weihnachten saß Ingrid mit ihrem Stickrahmen am Fenster des kleinen Salons. Die gnädige Frau hatte auf dem Sofa Platz genommen und strickte, wie jetzt alle Tage. Tiefe Stille herrschte im Zimmer.

Der junge Hede war nun schon eine Woche zu Hause; aber während dieser ganzen Zeit war Ingrid nicht ein einziges Mal mit ihm zusammengetroffen. Auch daheim lebte er wie ein Bauer, schlief in der Knechtstube und aß in der Küche. Zu seiner Mutter kam er nie.

Ingrid fühlte wohl, daß sowohl die Bergrätin als auch Jungfer Stafva von ihr erwarteten, sie werde etwas für Hede tun oder ihn wenigstens bewegen, daheim auf Munkhyttan zu bleiben. Und sie grämte sich, daß es ihr nicht möglich war, diese Wünsche zu erfüllen. Sie war ganz verzweifelt über sich selbst und über die Machtlosigkeit, die sich ihrer bemächtigt hatte, seit ihre Hoffnungen zerstört worden waren.

Heute Morgen nun war Jungfer Stafva hereingekommen und hatte erzählt, daß der junge Herr packe und wieder fort wolle. Nun bleibe er nicht einmal solange wie sonst bei seinen Weihnachtsbesuchen, hatte sie mit einem verzweifelten Blick auf Ingrid hinzugefügt.

Ingrid begriff sehr gut, was die beiden von ihr erwarteten, aber sie war nicht fähig, etwas zu tun. Sie stickte und stickte, ohne ein Wort zu sagen.

Jungfer Stafva ging, und die vorige Stille herrschte wieder im Zimmer. Ingrid vergaß ganz, daß sie nicht allein war, und plötzlich überkam sie eine Art Traumzustand, in dem sich alle ihre traurigen Gedanken zu einem Phantasiebild gestalteten.

Im Geiste sah sie sich durch das ganze große Wohnhaus wandern. Sie kam durch eine Menge Säle und Zimmer. Überall waren die Möbel mit grauleinenen Überzügen bedeckt, die Bilder und Kronleuchter mit Flor behängt, und auf den Fußböden lag dicker Staub, der aufwirbelte, wenn sie durch die Zimmer schritt. Zuletzt aber kam sie in ein Gemach, wo sie noch nie gewesen war; es war ein ganz kleines Stübchen, dessen Wände und Decke schwarz waren. Als sie jedoch genauer hinsah, entdeckte sie, daß es nicht schwarz gemalt und auch nicht mit schwarzem Stoff ausgeschlagen war, sondern daß es so dunkel aussah, weil an der Decke und an den Wänden eine Fledermaus neben der anderen hing; das ganze Zimmer war nichts anderes als ein riesiges Fledermausnest. An einem Fenster fehlte eine Scheibe, so daß man verstehen konnte, wie die Tiere in einer so unglaublichen Menge hereingekommen waren, daß sie das ganze Zimmer bedeckten. Im starren Winterschlaf hingen sie da; nicht eine rührte sich, als Ingrid eintrat.

Sie selbst aber wurde von furchtbarem Entsetzen erfaßt; sie zitterte und bebte am ganzen Körper. Diese Masse von Tieren, die sie so deutlich da hängen sah, war fürchterlich. Alle hatten die schwarzen Flügel wie Mäntel um sich geschlagen, alle hingen, nur mit einer langen Kralle festgehakt, in bleiernem Schlaf an den Wänden.

Sie sah es so deutlich, daß sie sich fragte, ob denn Jungfer Stafva auch wisse, daß ein ganzes Zimmer von den Fledermäusen in Beschlag genommen war.

Und im Geiste ging sie nun zu Jungfer Stafva und fragte diese, ob sie auch schon in dem kleinen Zimmer gewesen sei und alle die Tiere gesehen habe.

»Natürlich habe ich sie gesehen«, antwortete Jungfer Stafva, »das ist ihre Stube. Sie wissen doch wohl, Fräulein Ingrid, daß es hier zu Lande nicht einen Herrenhof gibt, wo nicht ein Zimmer den Fledermäusen überlassen wird?«

»Das habe ich noch nie gehört«, sagte Ingrid.

»Ja, wenn Sie einmal so lange auf der Welt sind wie ich, dann werden Sie einsehen, daß ich die Wahrheit gesprochen habe«, sagte Jungfer Stafva.

»Ich begreife nicht, wie man so etwas erträgt«, sagte Ingrid.

»Wir müssen es ertragen«, sagte Jungfer Stafva, »diese Fledermäuse sind die Vögel der Frau Sorge, und sie hat uns befohlen, sie bei uns aufzunehmen.«

Ingrid sah, daß Jungfer Stafva nicht weiter über die Sache reden wollte und setzte sich wieder an ihre Stickerei; immerfort aber mußte sie darüber nachdenken, wer diese Frau Sorge sein könne, die eine so große Macht hier hatte, daß sie Jungfer Stafva zwang, den Fledermäusen ein ganzes Zimmer zu überlassen.

Wie sie nun so tief in diese Gedanken versunken war, sah sie einen schwarzen, von schwarzen Pferden gezogenen Schlitten vor der Freitreppe anfahren.

Sie sah Jungfer Stafva heraustreten und sich tief verneigen. Aus dem Schlitten stieg eine alte Dame in einem langen, schwarzen Samtmantel mit vielen kurzen Kragen übereinander. Sie war buckelig und das Gehen wurde ihr schwer; kaum konnte sie die Füße so hoch heben, um die Stufen emporzusteigen.

»Ingrid«, sagte nun die Frau Bergrätin und sah von ihrem Strickzeug auf. »Ich glaube, ich höre Frau Sorge kommen. Es muß ihre Glocke sein, die klingelte. Hast Du bemerkt, daß ihre Pferde nie ein Schellengeläute haben, sondern nur eine kleine Glocke? Aber man hört sie, man hört sie. Geh nun auf den Flur hinaus und begrüße Frau Sorge.«

Als Ingrid in den Flur hinaus kam, stand Frau Sorge auf der Veranda und sprach mit Jungfer Stafva; keines von ihnen hörte sie kommen.

Mit Verwunderung sah Ingrid, daß die buckelige, alte Dame unter ihren vielen Kragen etwas versteckt hatte, das einem Trauerflor ähnlich sah. Es war sehr gut zusammengerafft und verdeckt, und erst nach längerem Hinschauen entdeckte das junge Mädchen, daß es zwei große Fledermausflügel waren, die sie auf diese Weise zu verstecken suchte. Da wurde Ingrid noch neugieriger auf Frau Sorge als vorher, und sie versuchte, ihr ins Gesicht zu sehen, aber es war ihr nicht möglich, weil Frau Sorge in den Hof hinausschaute. Als sie jedoch gleich darauf die Hand nach Jungfer Stafva ausstreckte, sah Ingrid doch, daß der eine Finger daran viel länger war als die anderen, und daß er an der Spitze eine große, gebogene Kralle hatte.

»Auf dem Hofe ist alles unverändert?« fragte sie.

»Ja, gnädige Frau Sorge«, antwortete Jungfer Stafva.

»Ihr habt keine Blumen gepflanzt und keine Bäume versetzt? Ihr habt die Brücke nicht hergestellt und das Unkraut in der Allee nicht entfernt?«

»Nein, gnädige Frau.«

»Es ist ganz so, wie es sein soll«, sagte die gnädige Frau. »Ihr habt doch auch nicht gewagt, nach neuen Erzadern zu suchen oder den Wald umzuhauen, der in die Äcker hineinwächst?«

»Nein, gnädige Frau!«

»Und nicht die Brunnen gereinigt?«

»Nein, nicht die Brunnen gereinigt.«

»Das ist ein guter Platz«, sagte Frau Sorge, »hier geht es mir gut. In einigen Jahren wird es hier so aussehen, daß meine Vögel im ganzen Hause wohnen können. Ihr seid recht gut gegen meine Vögel, Jungfer Stafva.«

Jungfer Stafva knickste untertänig bei diesem Lob.

»Wie steht es sonst auf dem Hof?« fragte Frau Sorge. »Wie habt Ihr Weihnachten gefeiert?«

»Wir haben Weihnachten gefeiert wie sonst«, sagte Jungfer Stafva. »Die gnädige Frau sitzt drin und strickt tagaus, tagein, denkt an nichts als an ihren Sohn und weiß nicht, daß es Festzeit ist. Den heiligen Abend haben wir vorbeigehen lassen wie jeden anderen Tag; keine Geschenke, keine Lichter.«

»Keinen Baum, kein Weihnachtsmahl?«

»Und auch keinen Kirchgang, gnädige Frau, nicht einmal Kerzen an den Fenstern am Weihnachtsmorgen.«

»Warum sollte die Frau Bergrat Gottes Sohn feiern, wenn Gott ihren Sohn nicht gesund machen will?« sagte Frau Sorge.

»Nein, warum sollte sie?«

»Ich denke, Ihr habt ihn jetzt wieder zu Hause. Vielleicht geht es ihm besser?«

»Nein, es geht ihm nicht besser; er ist noch ebenso verschüchtert.«

»Lebt er noch immer wie ein Bauer? Geht er nicht in die Zimmer hinein?«

»Wir können ihn nicht dazu bewegen, die Zimmer zu betreten; wie die gnädige Frau weiß, fürchtet er sich vor der Frau Bergrat.«

»Er ißt in der Küche und schläft in der Knechtstube?«

»Ja, gnädige Frau Sorge.«

»Und Ihr wißt nichts, gar nichts, was ihn gesund machen könnte?«

»Wir wissen nichts, wir verstehen nichts.«

Frau Sorge schwieg einen Augenblick; als sie wieder zu sprechen begann, hatte ihre Stimme einen scharfen und harten Ton.

»Das alles mag ja recht schön und gut sein, Jungfer Stafva, aber ich bin doch nicht recht zufrieden mit Euch.«

Zugleich wandte sie sich um und sah Ingrid scharf an.

Ingrid zuckte zusammen. Frau Sorge hatte ein kleines, runzliges Gesicht, das unten so zusammengedrückt war, daß der Unterkiefer kaum sichtbar wurde. Ihre Zähne glichen den Spitzen einer Säge, und auf der Oberlippe hatte sie dichtes Haar. Die Augenbrauen bestanden aus einem einzigen Haarbüschel. Ihre Haut war ganz braun.

Ingrid fragte sich, ob denn Jungfer Stafva nicht sehen könne, was sie sah. Frau Sorge war kein Mensch, sie war nur ein Tier!

Als Frau Sorge Ingrid sah, öffnete sie die Lippen, so daß die Zähne hervorschimmerten.

»Als dieses Mädchen hierherkam«, sagte sie zu Jungfer Stafva, »da glaubtet Ihr, sie sei Euch von Gott gesandt. Ihr glaubtet, in ihren Augen lesen zu können, daß Gott sie gesandt habe, um ihn zu retten. Sie hatte die Gabe, mit Irrsinnigen umzugehen. Nun, wie ist es gegangen?«

»Gar nicht ist es gegangen. Sie hat nichts getan.«

»Nein, dafür habe ich gesorgt«, sagte Frau Sorge. »Mein Verdienst ist es, daß ihr nicht gesagt wurde, warum sie hier bleiben durfte. Hätte sie es gewußt, dann hätte sie sich nicht mit so rosigen Hoffnungen getragen, den hier zu sehen, den sie liebt. Hätte sie sich keine Hoffnungen gemacht, wäre sie nicht so entsetzlich enttäuscht worden. Hätte die Enttäuschung sie nicht gelähmt, dann hätte sie vielleicht doch etwas für den Verrückten tun können. Aber nun hat sie ihn gar nicht angesehen. Sie haßt ihn, weil er nicht der ist, der er sein sollte. Das ist mein Werk, Jungfer Stafva, mein Werk.«

»Die gnädige Frau versteht ihre Sache«, sagte Jungfer Stafva.

Frau Sorge zog ihr Spitzentaschentuch hervor und wischte sich die rot umränderten Augen. Dies schien eine Bewegung der Freude zu sein.

»O, sie braucht sich gar nicht zu verstellen, Jungfer Stafva«, sagte Frau Sorge. »Es gefällt ihr ja doch nicht, daß ich das Zimmer für meine Vögel genommen habe, und es gefällt ihr auch nicht, daß bald das ganze Haus mir gehören wird. Das weiß ich recht gut; Sie und Ihre Frau hatten die Absicht, mich zu betrügen. Aber das ist nun vorbei!«

»Ja«, sagte Jungfer Stafva, »die gnädige Frau kann ganz ruhig sein. Das ist vorbei. Der junge Herr geht heute fort. Er hat schon gepackt, und dann wissen wir, daß er nicht länger bleiben wird. Alles, was die gnädige Frau und ich den ganzen Herbst über geträumt haben, ist vorbei. Nichts ist geschehen. Wir glaubten, sie würde ihn wenigstens so weit bringen, daß er daheim bliebe, aber trotz allem Guten, daß wir ihr erwiesen haben, hat sie nichts für uns getan.«

»Ja, sie ist eine schlechte Hilfe gewesen«, sagte Frau Sorge. »Aber jedenfalls muß sie jetzt fort. Und darüber will ich selbst mit der gnädigen Frau sprechen.«

Frau Sorge begann sich auf ihren wackelnden Beinen die Treppe nach dem oberen Stockwerk hinaufzuschleppen. Bei jeder Stufe hob sie die Flügel ein wenig, als ob ihr das eine Hilfe wäre. Sie wäre offenbar viel lieber geflogen.

Ingrid folgte ihr. Auf ganz merkwürdige Weise fühlte sie sich angezogen und bedrückt. Und wenn es das schönste Weib der Erde gewesen wäre, so hätte sie keine solch unwiderstehliche Lust verspüren können, ihr zu folgen.

Als Ingrid in den kleinen Salon trat, saß Frau Sorge schon neben der Bergrätin auf dem Sofa und flüsterte vertraulich mit ihr, als ob sie ganz gute Freunde wären.

»Du wirst wohl selbst einsehen, daß Du sie nicht länger hier behalten kannst«, sagte Frau Sorge eindringlich, »Du, die nicht eine einzige Blume in ihrem Garten blühen sehen kann, wirst auch kein junges Mädchen hier im Hause haben mögen. Etwas Freude und Munterkeit bringt es doch immer mit sich, aber das ist doch nichts für Dich!«

»Nein, ich habe gerade auch darüber nachgedacht.«

»Verschaffe ihr eine Stelle als Gesellschafterin, aber behalte sie nicht hier.«

Hierauf stand Frau Sorge auf, um sich zu verabschieden.

»Also das war es, was ich mit Dir besprechen wollte«, sagte sie. »Wie geht es Dir sonst?«

»Messer und scharfe Klingen wühlen den ganzen Tag in meinem Herzen«, antwortete die Bergrätin. »Ich lebe nur in ihm, so lange er zu Hause ist. Es ist schlimmer als gewöhnlich, viel schlimmer diesmal. Lang kann ich es nicht mehr so aushalten – –«

Ingrid sprang auf, die Glocke der Bergrätin klingelte. Sie hatte so lebhaft phantasiert, daß sie ganz verwundert war, als sie die gnädige Frau allein fand und den schwarzen Schlitten nicht unten vor der Türe sah.

Die gnädige Frau hatte Jungfer Stafva geklingelt, aber diese kam nicht. Da bat sie Ingrid, hinunter in deren Zimmer zu gehen und sie zu rufen.

Ingrid ging, aber das blaue Stübchen war leer. Nun wollte das junge Mädchen in die Küche gehen, um zu fragen, wo Jungfer Stafva sei, aber noch ehe sie die Türe öffnete, hörte sie Hede sprechen. Sie blieb stehen, sie konnte sich nicht überwinden, ihn zu sehen.

Sie versuchte aber doch, sich zu überwinden. Er konnte doch nichts dafür, daß er nicht der war, den sie erwartet hatte. Sie müßte versuchen, etwas für ihn zu tun. Sie müßte ihn überreden, zu Hause zu bleiben. Früher hatte sie doch keinen solchen Widerwillen gegen ihn empfunden. Er war ja gar nicht so gefährlich.

Sie bückte sich und schaute durchs Schlüsselloch.

Hede saß am Tisch und aß. Es war hier wie überall. Die Mägde trieben allerlei Kurzweil mit ihm, um sich an seinen sonderbaren Reden zu ergötzen.

Sie fragten ihn, wen er heiraten wolle.

Hede lächelte, er liebte es sehr, nach dergleichen gefragt zu werden.

»Sie heißt Grablilie, weißt Du das nicht?« sagte er.

Nein, die Magd wußte nicht, daß die Braut einen so schönen Namen hatte.

»Na, wo ist sie denn zu Hause?«

»Sie hat kein Heim, und sie hat auch keinen Hof« sagte Hede. »Sie ist in meinem Sack zu Hause.«

Die Magd sagte, das sei ja ein gutes Heim, und fragte dann nach ihren Eltern.

»Sie hat nicht Vater und hat nicht Mutter«, versicherte Hede. »Sie ist so schön wie eine Blume, sie ist in einem Garten aufgewachsen.«

All dies sagte er mit annähernder Klarheit; aber dann versuchte er zu beschreiben, wie hold seine Braut sei, und da wollte es nicht mehr gehen. Er sagte eine Menge Worte; diese waren aber sonderbar durcheinander gemischt, daß man seinem Gedankengang nicht mehr folgen konnte, obgleich ihm selbst dieses Sprechen offenbar großes Vergnügen machte; er saß strahlend da und sah ganz vergnügt aus.

Ingrid stürzte fort. Sie konnte das nicht mit ansehen, und sie konnte auch nichts für ihn tun. Sie fürchtete sich vor ihm, er war ihr widerwärtig.

Aber sie war kaum auf der Treppe, da fühlte sie auch schon Gewissensbisse. Hier hatte sie so viel Gutes genossen, und sie selbst wollte nichts dafür tun.

Um ihren Widerwillen zu überwinden, versuchte sie in Gedanken, Hede in einen vornehmen Herrn zu verwandeln. Wie hatte er wohl früher in feinen Kleidern mit zurückgestrichenem Haar ausgesehen? Sie schloß einen Augenblick die Augen und dachte nach. Nein, es war nicht möglich. Sie konnte sich ihn nicht anders vorstellen, als er war.

Plötzlich sah sie die Umrisse eines geliebten Gesichts neben sich. Wunderbar deutlich tauchte es an ihrer linken Seite auf.

Aber diesmal lächelte das Gesicht nicht. Die Lippen bebten wie im Schmerz, und ein unaussprechliches Leid drückte sich in den scharfen Linien um den Mund aus.

Ingrid blieb mitten auf der Treppe stehen und starrte auf die Erscheinung. Sie war da, schwebend und leicht, ebensowenig zu fassen und festzuhalten wie ein Sonnenstrahl, der durch das geschliffene Glas eines Kronleuchters fällt, aber ebenso sichtbar, ebenso wirklich. Sie dachte an das Phantasiebild, das sie vorhin gehabt hatte; aber dies war anders. Dies war Wirklichkeit.

Als sie das Gesicht eine Weile betrachtet hatte, begannen die Lippen sich zu bewegen; sie sprachen, aber sie hörte keinen Laut. Da versuchte Ingrid, zu sehen, was sie sagten, sie versuchte, die Worte von den Lippen abzulesen, wie die Taubstummen es machen, und es gelang ihr.

»Laß mich nicht gehen!« sagten die Lippen. »Laß mich nicht gehen!«

Und mit welcher Angst dies gesagt wurde! Wäre ihr jemand zu Füßen gefallen und hätte um sein Leben gefleht, es hätte sie nicht tiefer erschüttern können! Sie zitterte vor Aufregung. Das war herzzerreißender als alles, was sie je in ihrem Leben gehört hatte. Sie hätte nie geglaubt, daß jemand mit solch entsetzlicher Angst bitten könne.

Wieder und wieder flehten die Lippen: »Laß mich nicht gehen!« Und jedesmal wurde die Angst größer und größer.

Ingrid verstand es nicht, blieb aber von unbeschreiblichem Mitleid ergriffen auf der Treppe stehen.

Sie fühlte, daß es sich für den, der so bat, um mehr handeln müsse als um das Leben; der Rettung der Seele mußte es gelten.

Jetzt bewegten sich die Lippen nicht mehr; sie standen halb offen in schlaffer Verzweiflung.

Als sie diesen Ausdruck von Schlaffheit annahmen, stieß Ingrid einen Schrei aus und taumelte ein paar Stufen hinunter. Sie hatte das Gesicht des Verrückten erkannt, so wie sie es eben gesehen hatte.

»Nein, nein, nein!« rief sie. »Das kann nicht sein! Es darf nicht, es kann nicht sein! Es ist unmöglich, daß er es ist!«

Da war das Gesicht verschwunden.

Wohl eine Stunde lang saß Ingrid auf der kalten Treppe und weinte in hilfloser Verzweiflung. Aber schließlich erwachte doch die Hoffnung wieder in ihr, helle, trostbringende Hoffnung. Sie bekam wieder Mut, den Kopf aufzurichten.

Alles, was geschehen war, schien darauf hinzudeuten, daß es in ihrer Macht liege, ihn zu retten. Um seinetwillen war sie hierher geführt worden, ihr sollte das große, große Glück zu teil werden, ihn zu retten.

Drinnen im kleinen Salon sprach die gnädige Frau mit Jungfer Stafva. Es klang zum Herzbrechen, wie sie die Haushälterin anflehte, doch den Sohn zu überreden, noch einige Tage dazubleiben.

Aber Jungfer Stafva sträubte sich.

»Bitten kann man ihn, soviel man will«, sagte sie, »aber die gnädige Frau weiß doch, daß ihn niemand zum Bleiben bewegen kann, wenn er nicht will.«

»Wir haben ja Geld genug. Er braucht ja gar nicht mehr fortzugehen. Können Sie ihm das nicht sagen, Jungfer Stafva?«

Da trat Ingrid ein; lautlos hatte sie die Türe geöffnet, und mit leichtem, schwebendem Gang glitt sie leise durchs Zimmer. Ihre Augen strahlten, als sähen sie etwas Herrliches, weit in der Ferne.

Als die Frau Bergrat sie sah, runzelte sie ein wenig die Stirne. Die Lust, nun auch ihrerseits grausam zu sein und auch Schmerz zu bereiten, ergriff sie.

»Ingrid«, sagte sie, »komm her, ich muß wegen Deiner Zukunft mit Dir sprechen.«

»Wegen meiner Zukunft«, erwiderte Ingrid und strich sich über die Stirne. »Meine Zukunft ist ja schon bestimmt«, fuhr sie mit einem leichten Märtyrerlächeln fort.

Und ohne noch ein Wort hinzuzufügen, verließ sie das Zimmer.

Die Bergrätin und Jungfer Stafva sahen sich erstaunt an. Sie begannen zu beratschlagen, wohin das Mädchen geschickt werden könnte.

Als aber Jungfer Stafva in ihr Zimmer hinunterkam, saß Ingrid darin. Sie sang kleine Lieder und klimperte dabei auf der Guitarre. Und ihr gegenüber saß Hede und hörte zu, das ganze Gesicht wie vom Sonnenschein verklärt.

8.

Von dem Augenblick an, wo Ingrid in dem Verrückten den Studenten erkannt hatte, dachte sie an nichts anderes, als ihn zu heilen. Aber das war eine schwere Arbeit, und sie hatte durchaus keine Ahnung, wie sie es angreifen sollte.

Im Anfang überlegte sie nur, wie sie ihn zum Bleiben bewegen könnte. Und dies gelang ihr leicht genug. Nur um sie jeden Tag eine kleine Weile Geige oder Guitarre spielen zu hören, saß er nun vom Morgen bis zum Abend geduldig in Jungfer Stafvas Zimmer und wartete auf sie.

Es kam Ingrid vor, als wäre es schon ein großer Erfolg, wenn sie ihn nur dazu bringen könnte, auch in die anderen Zimmer zu gehen. Aber das wagte er durchaus nicht. Sie machte den Versuch, selbst im Zimmer zu bleiben, und sagte, sie werde ihm nicht vorspielen, wenn er nicht hereinkomme. Nachdem sie aber zwei Tage nicht herausgekommen war, begann er einzupacken, um seiner Wege zu gehen, und da mußte sie nachgeben.

Er hatte eine große Vorliebe für sie und zeichnete sie vor allen anderen aus, aber von seiner Angst konnte er ihr nichts zum Opfer bringen.

Sie bat ihn, den Pelz abzulegen und einen gewöhnlichen Rock anzuziehen. Er ging auch sogleich darauf ein, hatte aber am nächsten Tage doch wieder den Pelz an. Alsdann versteckte sie diesen, da erschien er im Pelz des Knechts, und da war es immerhin noch besser, wenn er seinen eigenen trug.

Er war fortgesetzt gleich furchtsam und ängstlich darauf bedacht, daß ihm niemand zu nahe kam. Nicht einmal Ingrid durfte dicht neben ihm sitzen.

Eines Tages bat sie ihn, er möge ihr etwas versprechen. Er solle es aufgeben, sich vor der Katze zu verbeugen. Um so etwas Schweres, wie sich nicht vor einem Pferd oder einem Hund zu verbeugen, wolle sie ihn gar nicht bitten, aber vor einer kleinen Katze könne man sich doch unmöglich fürchten.

»Doch«, sagte er, »die Katze ist ein Ziegenbock.«

»Nein, sie kann doch weder ein Bock noch eine Ziege sein«, erwiderte Ingrid. »Sie hat ja keine Hörner.«

Darüber freute er sich sehr. Es war, als habe er nun endlich herausgefunden, woran er die Ziegen von anderen Tieren unterscheiden könne.

Am nächsten Morgen lief ihm Jungfer Stafvas Katze in den Weg.

»Der Ziegenbock hat keine Hörner«, sagte er und lachte ganz stolz.

Er ging an ihr vorüber und setzte sich aufs Sofa, um Ingrids Spiel zuzuhören. Aber nach einer kleinen Weile wurde er unruhig, er stand auf, ging zur Katze hin und verneigte sich.

Ingrid war ganz verzweifelt. Sie faßte ihn am Arm und schüttelte ihn. Da lief er sogleich zur Türe hinaus und ließ sich erst am nächsten Tage wieder blicken.

»Kind, Kind!« sagte die gnädige Frau, »Du machst es gerade wie ich, versuchst es wie ich. Du wirst ihn schließlich auch scheu machen, daß er sich nicht mehr in Deine Nähe traut. Laß ihn lieber in Frieden. Wir sind schon froh, daß es so ist wie jetzt, wenn er nur daheim bleibt.«

Nein, es ließ sich nichts weiter tun; Ingrid rang vergebens die Hände in heißem Schmerz, daß der feine, liebenswürdige Mensch in diesem Irrsinnigen untergegangen sein sollte.

Aber das eine nur hätte sie gerne gewußt, ob sie zu nichts weiter hierher geführt worden sei, als ihm die Melodien ihres Großvaters vorzuspielen? Sollte es so das ganze Leben lang fortgehen? Würde es niemals anders werden?

Bisweilen erzählte sie ihm auch Geschichten. Und mitten in einer solchen Geschichte wurde manchmal der Ausdruck seines Gesichtes ganz klar und er konnte etwas merkwürdig Feines und Schönes sagen, worauf ein kluger Mensch niemals gekommen wäre. Mehr aber bedurfte es auch nicht, um Ingrids Mut neu zu beleben, und bald waren sie wieder mitten in den endlosen Versuchen – –

* * *

Es war gegen Abend, und der Mond war eben am Aufgehen. Auf der Erde lag weißer Schnee, schimmerndes Eis. Die Bäume standen schwarzbraun da, und der Himmel war nach dem Sonnenuntergang glühend rot.

Ingrid war auf dem Wege hinab zum See, um Schlittschuh zu laufen. Sie benützte einen schmalen Fußpfad, der in den Schnee getreten war. Gunnar Hede ging hinter ihr. Es war etwas in seiner Haltung, das an einen Hund erinnerte, der seinem Herrn nachläuft.

Ingrid sah müde aus. Ihre Augen hatten keinen Glanz und ihr Gesicht war sehr blaß.

Während sie dahinschritt, stieg der Gedanke in ihr auf, ob der Tag, der nun verschwand, wohl mit sich selbst zufrieden sei? Hatte er wohl in jubelnder Freude den großen, glühend roten Sonnenuntergang dort im Westen angezündet?

Sie selbst fühlte nur zu gut, daß sie keine Freudenfeuer hätte anzünden können, weder über diesen Tag noch über einen der anderen. Ein ganzer Monat war nun verflossen, seit sie Gunnar Hede wieder erkannt hatte, aber nichts war seitdem gewonnen worden.

Und gerade heute hatte große Angst sie erfaßt. Es war ihr, als verspiele sie allmählich bei alledem ihre Liebe. Sie war nahe daran, den Studenten zu vergessen, weil sie immer nur an den Kranken dachte. Alles, was an der Liebe leicht und schön und freudig war, verschwand, nichts blieb zurück, als schwerer, schwerer Ernst.

Sie war ganz verzweifelt, während sie zum See hinabging. Sie fühlte, daß sie nicht verstand, was eigentlich getan werden könnte, fühlte, daß sie jeden weiteren Versuch aufgeben müsse. Ach, lieber Gott, da ging er nun hinter ihr her, äußerlich stark und frisch, und doch so hilflos, so krank und unheilbar!

Nun waren sie am See, und Ingrid zog die Schlittschuhe an. Sie wollte haben, er solle auch laufen, und schnallte auch ihm die Schlittschuhe an, aber er fiel hin, sobald er aufs Eis kam. Er kroch wieder ans Land und setzte sich auf einen Stein, sie aber fuhr davon.

Dem Stein, auf dem Hede saß, gegenüber lag ein kleines, mit Birken und Espen bewachsenes Eiland; hinter diesem strahlte der Abendhimmel noch immer in leuchtender Glut, und die feinen, leichten, kahlen Kronen der Bäume hoben sich von diesem Rot in solch wunderbarer Schönheit ab, daß es unmöglich war, diese Pracht nicht zu sehen.

Es ist ja meistens so, daß das, woran man einen Ort wiedererkennt, ein einzelner Zug ist, denn selbst was man am besten kennt, ist einem nicht von allen Seiten gleich vertraut. Und Munkhyttan erkannte man besonders an der kleinen Insel. Hätte man auch das Gut in vielen Jahren nicht gesehen, so würde man es doch sofort an dem Eiland wieder erkannt haben, das nun seine dunklen Baumkronen dem Sonnenuntergang entgegenstreckte.

Hede saß ganz still da und betrachtete die Insel, das feine Geäst der Bäume und das graue Eis, das sich nach allen Seiten ausbreitete.

Das war ihm von jeher der vertrauteste Anblick gewesen. Auf dem ganzen Gut gab es nichts, was er besser gekannt hätte. Denn wie gesagt, diese kleine Insel war es immer gewesen, die seine Blicke auf sich gezogen hatte. Und er betrachtete nun die Insel unverwandt, ohne etwas dabei zu denken, wie es einem bei dem, was man sehr gut kennt, zu gehen pflegt. Lange, lange saß er da und starrte hinüber, nichts störte ihn, kein Mensch, kein Windhauch, nichts Fremdes. Ingrid sah er nicht, sie war weit auf den See hinausgelaufen.

Da bekam Hede eine solche Ruhe und Stille, wie man sie nur in solchen heimatlichen Umgebungen fühlen kann. Von der kleinen Insel strömte ihm Sicherheit und Friede entgegen. Sie schläferte die ewige Unruhe, die ihn quälte, ein.

Hede glaubte sich stets von Feinden umgeben und war nur immer darauf bedacht, sich zu verteidigen. Seit Jahren hatte er die Ruhe nicht gekannt, die es ihm möglich machte, sich selbst zu vergessen; aber nun kam sie über ihn.

Während Gunnar Hede so am Ufer saß, ohne an etwas Bestimmtes zu denken, machte er unwillkürlich eine mechanische Bewegung, wie man sie wohl macht, wenn man sich in gewohnten Verhältnissen befindet. Das blanke Eis lag vor ihm, er hatte die Schlittschuhe an, da stand er auf und begann auf den See hinauszulaufen. Und er dachte ebensowenig an das, was er tat, als man beim Essen daran denkt, wie man Gabel und Löffel hält.

Er glitt hinaus auf die Eisfläche: es war die herrlichste Eisbahn, die man sich denken konnte, und er war schon weit vom Ufer entfernt, ehe er merkte, was er getan hatte.

»Ein vortreffliches Eis«, dachte er dann, »warum bin ich eigentlich heute nicht schon früher hergekommen?«

»Gestern war ich dafür um so länger hier«, tröstete er sich. »Ich darf jetzt keinen Tag mehr versäumen, so lange ich Ferien habe.«

Vielleicht, weil Hede jetzt etwas unternahm, das er getan hatte, ehe er krank geworden war, vielleicht erwachte dadurch etwas von seinem früheren Ich in ihm. Gedanken und Vorstellungen, die im Zusammenhang mit seinem früheren Leben standen, tauchten in seinem Bewußtsein auf. Gleichzeitig aber sanken alle jene Gedanken, die mit seiner Krankheit zusammenhingen, in Vergessenheit.

Wie gewöhnlich, wenn er Schlittschuh lief, fuhr er in einem großen Bogen hinaus auf den See, um an einer scharfen Landspitze vorbeisehen zu können. Er tat es unbewußt, als er aber um den Vorsprung herumgefahren war, wußte er, daß er diese Richtung eingeschlagen hatte, um zu sehen, ob im Zimmer seiner Mutter Licht sei.

»Nun meint sie, es sei Zeit, daß ich nach Hause komme, aber sie muß noch ein wenig warten; das Eis ist zu gut.«

Hauptsächlich waren es unbestimmte Gefühle der Freude über die körperliche Bewegung und über den schönen Abend, die in ihm erwachten. An einem solchen Mondscheinabend, ja gerade da mußte man Schlittschuh laufen. Er liebte diesen milden Übergang zur Nacht. Noch war es licht, aber die Abendstille ruhte schon über der Flur. Das Allerbeste bei Tag und Nacht!

Draußen auf dem See lief noch jemand Schlittschuh. Es war ein junges Mädchen. Er wußte nicht, ob er sie kannte, und steuerte auf sie zu, um es herauszufinden. Nein, es war keine Bekannte, aber er konnte es doch nicht unterlassen, im Vorbeifahren ein paar Worte über das schöne Eis zu ihr zu sagen.

Die Fremde war wohl ein Fräulein aus der Stadt und gewiß nicht gewohnt, so ohne weiteres angeredet zu werden, denn sie sah ganz erschreckt aus, als er die paar Worte zu ihr sagte. Aber er war auch höchst merkwürdig angezogen. Er trug ja vollständige Bauerntracht!

Nun, verscheuchen wollte er sie nicht! Er drehte deshalb um und lief weiter hinaus auf den See. Das Eis war groß genug für sie beide.

Aber Ingrid hätte vor Überraschung beinahe laut aufgeschrien. Er kam dahergelaufen, sicher und elegant, die Arme über der Brust gekreuzt, die Hutkrempe aufgebogen, das Haar zurückgeworfen, so daß es nicht über die Ohren herunterhing!

Er hatte mit der Stimme eines gebildeten Mannes gesprochen, fast ohne den Dialekt der Bauern in Dalarne!

Ingrid gönnte sich keine Zeit zum Erstaunen, so schnell als möglich ging es dem Ufer zu.

Atemlos stürzte sie in die Küche und wußte nicht, wie sie ihre Nachricht rasch und deutlich genug sagen sollte.

»Jungfer Stafva, der junge Herr ist heimgekommen!«

Die Küche war leer, weder die Jungfer noch die Mägde waren da. Auch in der Stube der Jungfer war kein Mensch. Ingrid stürmte durchs ganze Haus, geriet in Zimmer, die sie noch nie betreten hatte, und rief immerfort:

»Jungfer Stafva, Jungfer Stafva! Der junge Herr ist heimgekommen!«

Sie war ganz außer sich und rief es immer noch, als oben im Zimmer schon zwei Mägde, Jungfer Stafva und selbst die Bergrätin sich um sie drängten.

Und keines mißverstand sie; alle vier standen da, ebenso überwältigt, wie sie selbst, mit bebenden Lippen und zitternden Händen.

In großer Aufregung wandte sich Ingrid von einer zur anderen. Sie wollte ja Erklärungen geben, Befehle erteilen, aber wovon, wozu? Ach, daß sie so die Besinnung verlieren konnte! Verwirrt sah sie die Bergrätin an. Was war es, was wollte ich?

Mit leiser, zitternder Stimme erteilte die alte Dame einige Befehle; beinahe flüsternd sagte sie:

»Licht und ein Feuer im Zimmer des jungen Herrn! Die Kleider des jungen Herrn sollen bereit gelegt werden.«

Es war weder Zeit noch Ort für Jungfer Stafva, um sich wichtig zu machen, aber es lag doch eine gewisse Überlegenheit in ihrer Stimme, als sie erwiderte:

»Im Zimmer des jungen Herrn ist immer geheizt. Die Kleider des jungen Herrn liegen immer für ihn bereit.«

»Geh Du in Dein Zimmer, Ingrid«, sagte die gnädige Frau.

Das junge Mädchen tat jedoch gerade das Gegenteil. Sie ging in den Salon, stellte sich ans Fenster, schluchzte und zitterte, wußte aber gar nicht, daß sie nicht ruhig und still war.

Ungeduldig wischte sie sich die Tränen aus den Augen, um die Schneefläche übersehen zu können, die sich vor dem Hause ausbreitete. Wenn sie nur nicht weinte, konnte ihr bei dem hellen Mondschein nichts entgehen. Nun kam er.

»Da, da!« schrie sie der gnädigen Frau zu. »Er geht schnell! Er läuft! Kommen Sie doch her und sehen Sie selbst!«

Die Bergrätin saß still vor dem Feuer und bewegte sich nicht. Sie strengte sich an, zu hören, wie die anderen zu sehen; sie bat Ingrid, ruhig zu sein, damit sie hören könne, wie er gehe.

Ja, ja, sie wollte ganz still sein. Die gnädige Frau sollte hören können, wie er ging. Sie hielt sich krampfhaft am Fensterrahmen fest, als ob das ihr helfen könnte.

»Du mußt still sein«, flüsterte sie, »damit die gnädige Frau hören kann, wie er geht.«

Die gnädige Frau saß vorgebeugt und lauschte mit ganzer Seele. Hörte sie schon seinen Schritt auf dem Hof? Nun erwartete sie wohl, er würde nach der Küche abbiegen? Ingrid sah, daß die gnädige Frau nicht anders zu glauben wagte. Hörte sie nun, daß die Vortreppe knarrte? Hörte sie, daß die Tür zu dem großen Flur aufging? Hörte sie, mit welcher Geschwindigkeit er die Treppe zum Wohnstock heraufkam? Zwei, drei Stufen auf einmal! Hatte seine Mutter das gehört? Das war nicht mehr der schleppende Bauernschritt, wie da, wo er ausging.

Es war beinahe nicht auszuhalten, ihn auf die Salontür zukommen zu hören. Wäre er in diesem Augenblick hereingekommen, hätten sicherlich alle beide aufgeschrien.

Aber er bog ab und ging durch den Gang nach seinen eigenen Zimmern.

Die Bergrätin sank in den Stuhl zurück und ihre Augen schlossen sich. Ingrid dachte, die gnädige Frau wäre in diesem Augenblick gewiß gerne gestorben.

Ohne die Augen aufzuschlagen, streckte sie die Hand aus. Ingrid glitt zu ihr hin und ergriff sie, und die alte Dame zog Ingrid an sich.

»Mignon, Mignon«, sagte sie, »es war doch der richtige Name.«

»Nein«, fuhr sie fort, »Jetzt dürfen wir nicht weinen. Jetzt dürfen wir nicht davon sprechen. Nimm einen Schemel und setze Dich hierher ans Feuer. Wir müssen uns beruhigen, mein liebes Kind. Wir wollen von etwas Anderem sprechen, denn wir müssen ganz ruhig sein, wenn er kommt.«

Ein halbe Stunde später trat Hede ein; da stand Tee auf dem Tisch und der Kronleuchter war angezündet. Er hatte sich wirklich umgekleidet, jede Spur von dem Bauern war verschwunden. Ingrid und die

Bergrätin drückten sich heftig die Hände. Sie hatten sich darauf vorbereitet, ihn kommen zu sehen.

Es sei ganz unmöglich, vorher zu wissen, was er tun oder sagen werde, meinte die gnädige Frau. Er sei von jeher unberechenbar gewesen. Aber sie beide müßten jedenfalls ganz ruhig sein.

Ingrid war auch wirklich ruhig geworden. Ein großes, großes Glücksgefühl war über sie gekommen, und das stillte ihre Unruhe. Ihr war zu Mute, wie einem, der auf dem Wege zur Seligkeit des Himmels ist. Sorglos ruhte sie in Engelsarmen, die sie hinauftrugen, hinauf!

Aber Hede konnte man keine Verwirrung anmerken.

»Ich komme nur herein«, sagte er, »um zu sagen, daß, ich heftige Kopfschmerzen habe und deshalb gleich zu Bett gehen will. Ich hatte sie schon auf dem Eise.«

Die Bergrätin erwiderte nichts darauf. Was er sagte, klang so einfach, aber das hatte sie nicht ahnen können. Sie brauchte einen Augenblick, um sich klar zu machen, daß er nichts von seiner Krankheit wußte, sondern irgendwo in der Vergangenheit lebte.

»Vielleicht könnte ich vorher doch eine Tasse Tee trinken«, sagte er, über das Schweigen etwas verwundert.

Die Bergrätin trat an den Tisch. Er sah sie an.

»Hast Du geweint, Mutter, Du bist so still?«

»Wir sprachen eben von einer traurigen Geschichte, ich und meine junge Freundin hier«, sagte die gnädige Frau und deutete auf Ingrid.

»Ach, entschuldige«, sagte er. »Ich sah nicht, daß Besuch da ist.«

Das junge Mädchen trat in den hellen Lichtschein, so schön, wie jemand aussehen mag, der weiß, daß sich im nächsten Augenblick die Pforten des Himmels vor ihm öffnen werden.

Hede grüßte etwas steif. Offenbar wußte er nicht, wen er vor sich hatte. Die Bergrätin stellte vor.

Er sah Ingrid flüchtig an.

»Ich habe Fräulein Berg vorhin auf dem Eise gesehen«, sagte er.

Er wußte nichts von ihr, hatte noch nie mit ihr gesprochen.

9.

Nun kam eine kurze, glückliche Zeit. Gunnar Hede war zwar keineswegs gesund, aber die Seinigen waren glücklich genug, zu glauben, er sei auf dem Wege, es zu werden. Er hatte das Gedächtnis zum großen Teil verloren, wußte von langen Zeitabschnitten in seinem Leben gar nichts, konnte nicht Geige spielen, seine Kenntnisse waren fast ganz entschwunden, und selbst sein Denkvermögen war so schwach, daß er weder gern las noch schrieb. Aber viel besser als vorher ging es ihm doch. Er war nicht mehr in beständiger Angst, er liebte seine Mutter, er hatte die Gewohnheiten und das Wesen eines gebildeten Mannes wieder angenommen. Da ist es begreiflich, daß die Bergrätin und ihr ganzes Haus glückselig waren.

Hede war in strahlender Laune, den ganzen Tag voller Jubel und Freude, er grübelte nie, glitt hinweg über alles, was er nicht begriff, sprach nie von etwas, was eine Gedankenarbeit erforderte, unterhielt sich aber munter und lebhaft. Am vergnügtesten war er, wenn sein Körper in Bewegung war. Er nahm Ingrid zum Schlittenfahren und Schlittschuhlaufen mit; er sprach dann nicht viel mit ihr, aber sie freute sich, daß sie dabei sein durfte. Er war freundlich gegen Ingrid wie gegen alle anderen, aber er war nicht ein bißchen verliebt in sie.

Sehr oft dachte er an seine Braut und verwunderte sich, daß sie ihm weder schrieb noch sonst von sich hören ließ. Aber nach einer kleinen Weile glitt auch dieser Kummer von ihm ab; er verjagte immer schnell alle betrübten Gedanken.

Ingrid aber sah wohl ein, daß er auf diese Weise niemals gesund werden würde. Er müßte einmal zum Denken gezwungen werden, zum Hineinsehen in sich selbst, wozu er jetzt nicht den Mut hatte. Aber sie wagte es nicht, ihn dazu zu zwingen, weder sie noch sonst jemand. Wenn er sie ein wenig lieb gewänne, ja dann, dann würde sie es vielleicht wagen, dachte sie.

Es war ihr, als ob sie zunächst nur alle miteinander ein wenig Glück brauchten.

* *
*

Gerade zu dieser Zeit starb im Pfarrhaus zu Raglanda, wo Ingrid erzogen worden war, ein kleines Kind; und da mußte der Totengräber ein Grab richten.

Der Mann grub dicht neben der Stelle, wo er im vorhergehenden Sommer das Grab für Ingrid aufgeworfen hatte. Und als er einige Fuß tief gegraben hatte, wurde eine Ecke ihres Sarges frei.

Der Totengräber konnte ein Lächeln nicht unterdrücken. Er hatte natürlich auch gehört, daß die Tote, die in dem Sarge lag, wiedergekommen sei. Sie sollte schon am Begräbnistag den Sargdeckel abgeschraubt haben, aus dem Grabe herausgestiegen sein und sich im Pfarrhaus gezeigt haben. Nun, die Pfarrerin war nicht eben beliebt, und den Leuten in der Gemeinde mochte es schon gefallen haben, daß sie so etwas von ihr erzählen konnten.

Der Totengräber dachte, wenn die Leute nur wüßten, wie wohlverwahrt die Toten drunten in der Erde liegen, und wie fest die Sargdeckel --

Er mußte mitten in seinem Gedankengang abbrechen. An der Ecke des Sarges, die hervorsah, lag der Deckel ein wenig schief, und eine Schraube war nicht eingeschraubt.

Er sagte nichts, er dachte auch nicht, aber er hörte auf zu graben und pfiff die ganze Reveille des Wermländer Regiments durch; denn er war Soldat gewesen.

Dann aber dachte er, es wäre am besten, wenn er die Sache ordentlich untersuchte. Es ging nicht an für einen Totengräber, sich allerlei Gedanken über die Toten zu machen, die dann immer wiederkehren und in dunklen Herbstnächten Macht über ihn gewinnen könnten.

Er grub daher hastig weiter, dann schlug er mit der Schaufel auf den Sarg.

Und der Sarg antwortete ganz deutlich, er sei leer, leer, leer.

Eine halbe Stunde später stand der Totengräber im Pfarrhaus. Das blieb ein Staunen und ein Fragen! Soviel wurde nun allen klar, daß das Mädchen in dem Sack des Dalekarliers gewesen war. Aber was war seither aus ihr geworden?

Mutter Anna Stina stand am Backofen und besorgte das Kuchenbacken, denn es mußte ja nun zu dem neuen Leichenschmaus gebacken werden. Lange hörte sie dem Gerede zu, ohne ein Wort zu sagen. Sie gab nur acht, daß die Kuchen nicht verbrannten, zog die Backbleche alle Augenblicke heraus und schob sie wieder hinein, so daß es geradezu lebensgefährlich war, der langen Backschaufel zu nahe zu kommen. Plötzlich band sie die Küchenschürze ab, wischte sich den Ruß und Schweiß notdürftig vom Gesicht und stand in der Studierstube bei dem Pfarrer, fast ehe sie selbst wußte, wie es zuging.

Nach all diesem war es gerade nicht verwunderlich, daß eines Tages im März ein kleiner roter, mit grünen Tulipanen bemalter Pfarrschlitten mit einem roten Pferdchen bespannt vor Munkhyttan hielt.

Ingrid sollte nun natürlich mit nach Hause zur Mutter. Der Pfarrer war gekommen, um sie zu holen. Er sagte nicht viel darüber, wie glücklich sie seien, daß sie noch lebe oder ähnliches, aber man konnte ihm ansehen, wie überaus froh er war. Er hatte es sich nie verzeihen können, daß sie nicht gut genug gegen die Pflegetochter gewesen waren, und nun strahlte er vor Glück, noch einmal von vorn anfangen zu dürfen, und es diesmal besser zu machen.

Über Ingrids Flucht wurde kein Wort gesprochen. Es hat ja keinen Wert, solche Dinge wieder aufzurühren und sich so lange nachher noch damit zu quälen. Aber Ingrid merkte wohl, daß die Pfarrerin eine schwere Zeit gehabt hatte und von Gewissensbissen geplagt worden war, sowie daß man sie nun im Pfarrhaus gerne haben wollte, um das Geschehene wieder gut zu machen. Sie begriff, daß sie beinahe gezwungen war, mitzufahren, um zu zeigen, daß sie den Pflegeeltern nichts nachtrage.

Allen erschien es ganz natürlich, daß sie auf acht oder vierzehn Tage mitginge. Und warum sollte sie nicht? Sie konnte nicht vorschützen, man habe sie da, wo sie jetzt sei, durchaus nötig. Sie konnte wohl ein paar Wochen weg sein, ohne daß Hede darunter litt. Das war schwer für sie, aber es war doch wohl am besten, sie reise, wenn alle es für das richtige hielten.

Vielleicht hatte sie im Stillen doch gehofft, man würde sie bitten, dazubleiben. Als sie sich in den Schlitten setzte, meinte sie, die Bergrätin oder Jungfer Stafva müßten sie herausheben und wieder hineintragen. Sie konnte es nicht fassen, daß sie nun wirklich durch die Allee fuhr, daß sie in den Wald einbog und daß Munkhyttan hinter ihr verschwand.

Wenn es nun aber so zusammenhing, daß man sie aus lauter Güte nicht zurückhalten wollte. Sie glaubten vielleicht, die Jugend und Lebenslust sehne sich fort von der Einsamkeit auf Munkhyttan. Sie dachten vielleicht, sie sei es müde, die Hüterin eines Irrsinnigen zu sein. Sie hob die Hand und hätte beinahe in die Zügel gegriffen, um das Pferd anzuhalten. Jetzt erst, wo sie schon eine Meile vom Hof entfernt war, fiel ihr ein, daß dies der Grund sein könnte, warum man sie fortgelassen hatte. Ach, sie wäre so gerne umgekehrt und hätte gefragt!

Es war ihr gerade, als irre sie im wilden Wald umher, wo nichts sie umgab, als das tiefe Schweigen. Kein Mensch gab ihr Antwort oder einen Rat. Ach, von den Tannen und Fichten, dem Eichhorn und der Bergeule erhielt sie ebensoviel Antwort als von den Menschen!

* *
*

Es war ihr ganz gleichgültig, wie es ihr nun daheim im Pfarrhaus ging. Sie war überzeugt, daß es ihr gut gehen werde, aber es war ihr, wie gesagt, einerlei.

Es wäre ihr auch einerlei gewesen, wenn sie in ein Schloß mit einem verzauberten Garten gekommen wäre. Es ist kein Bett so weich, daß es den, der Heimweh hat, Ruhe finden läßt.

Im Anfang bat sie jeden Tag, so bescheiden wie sie konnte, man solle sie zurückreisen lassen, nachdem sie nun die große Freude gehabt habe, Mutter und Geschwister wiederzusehen. Aber da hieß es, die Wege seien nicht zum Durchkommen, sie müsse warten, bis der Frost aus der Erde heraus sei; ihr Leben hänge doch nicht davon ab, daß sie nach Munkhyttan zurückkomme.

Ingrid konnte nur schwer verstehen, warum es die Leute ärgerte, wenn sie sagte, sie wolle nach Munkhyttan zurückkehren. Dies war aber wirklich so bei Vater und Mutter und bei allen anderen im Dorf. Offenbar durfte man sich, wenn man in Raglanda war, nicht fortsehnen.

Sie sah bald ein, daß es am besten war, wenn sie gar nicht mehr von ihrer Abreise sprach, denn sobald sie davon anfing, gab es unendlich viel Hindernisse. Nicht genug, daß die Wege noch immer unergründlich waren, nein, man errichtete auch Zäune und Mauern und Wallgräben um sie her. Sie sollte stricken und weben und die Frühbeete anpflanzen. Und sie würde doch auch nicht vor der großen Geburtstagsfeier in der Probstei abreisen wollen? Und sie könne doch auch nicht fortwollen, ehe Karin Landberg Hochzeit gehabt habe.

Es blieb ihr nichts anderes übrig, als die Hände zum Frühlingshimmel aufzuheben und ihn anzuflehen, er möge sich mit seiner Arbeit beeilen. Nur um Sonnenschein und Wärme konnte sie bitten, nur die milde Sonne anflehen, den großen Grenzwald recht fleißig anzuscheinen, durchdringende kleine Strahlen zwischen die Fichten zu werfen und den Schnee unter ihnen zu schmelzen. Liebe, liebe Sonne! Es war ganz einerlei, ob der Schnee im Tal schmolz, wenn nur die Berge frei und die Waldwege gangbar wurden! Wenn nur die Sennerinnen in ihre Hütten hinaufzogen, wenn nur die Sümpfe austrockneten und der Weg benützt werden konnte, der halb so weit war als die Landstraße!

Ingrid wußte, wer nicht auf einen Wagen warten oder um Fahrgeld betteln würde, wenn nur erst die Waldwege gangbar waren! Sie wußte, wer dann in einer hellen Nacht aus dem Pfarrhaus weggehen würde, wußte, wer das tun würde, ohne einen einzigen Menschen um Erlaubnis zu bitten!

Ingrid glaubte, sie habe auch früher sehnsüchtig dem Frühjahr entgegengesehen. Das tun ja alle Menschen. Aber nun wußte sie, daß sie sich noch nie wirklich danach gesehnt hatte. Ach nein, ach nein, sie hatte nicht gewußt, was Sehnsucht ist!

Früher hatte sie sich auf grüne Matter und Anemonen und Drosselgesang und auf den Kuckucksruf gefreut. Aber das war nur Kinderei, nichts anderes. Wer nur an das dachte, was schön war, sehnt sich nicht nach dem Frühling. Die erste Erdscholle, die aus der Erde hervorschaut, müßte man aufheben und küssen! Das erste noch zusammengerollte Blatt der Brennnessel müßte man pflücken, nur, um sich damit in die Haut einzubrennen, daß der Frühling nun da sei.

Alle Menschen waren überaus herzlich gegen sie. Aber obgleich Ingrid nichts sagte, waren sie doch fest überzeugt, daß sie beständig an ihre Abreise denke.

»Ich kann nicht begreifen, warum Du wieder nach dem Herrenhof willst und den Verrückten hüten«, sagte Karin Landberg eines Tages. Es war, als habe sie Ingrids Gedanken gelesen.

»Ach, das hat sie sich nun aus dem Sinn geschlagen«, fiel die Pflegemutter ein, noch ehe das Mädchen antworten konnte.

Als Karin gegangen war, sagte die Pfarrfrau:

»Die Leute wundern sich darüber, daß Du wieder von uns fort willst.«

Ingrid schwieg.

»Die Leute sagen, Du habest Dich in Hede verliebt, seit es ihm besser gehe.«

»Ach nein, nicht erst seit es ihm besser geht«, erwiderte Ingrid, die beinahe lachen mußte.

»Jedenfalls kann er aber nicht so sein, daß man ihn heiraten könnte«, sagte die Pflegemutter. »Vater und ich haben schon darüber gesprochen, und wir sind der Ansicht, daß es besser für Dich ist, wenn Du hier bleibst.«

»Es ist sehr gut von Euch, daß Ihr mich behalten wollt«, sagte Ingrid; und sie war wirklich gerührt, daß die Pflegeeltern es so gut mit ihr meinten.

Aber sie trauten ihr doch nicht, wie gehorsam sie sich auch zeigte. Ingrid konnte nicht verstehen, welches Vöglein ihre Sehnsucht verriet. Nun hatte die Pflegemutter ihr ja mit klaren Worten gesagt, daß sie nicht mehr auf das Gut zurückkehren dürfe; aber selbst damit gab sie sich noch nicht zufrieden.

»Wenn sie Dich brauchten, könnten sie Dir ja schreiben«, sagte sie.

Wieder mußte Ingrid beinahe lachen. Das wäre das allerwunderbarste, wenn aus einem verzauberten Schloß ein Brief käme! Sie hätte gerne gewußt, ob die Pflegemutter glaube, der Bergkönig habe an das von ihm entführte Mädchen geschrieben, als es von dem Besuch bei seiner Mutter nicht zurückkehrte.

Hätte die Pflegemutter aber nur gewußt, wie viele Botschaften sie erhielt, da wäre sie ganz verwirrt geworden.

Es kamen Botschaften bei Nacht in Träumen, und es kamen Botschaften bei Tag als Erscheinungen. Er ließ Ingrid wissen, daß er sie brauche. Er sei so krank, ach, so krank!

Sie wußte, daß er auf dem Wege war, wieder wahnsinnig zu werden, und daß sie zu ihm kommen mußte. Wenn ihr jemand dies mitgeteilt hätte, würde sie nur geantwortet haben, daß sie es schon wisse.

Die großen Sternenaugen nahmen einen immer abwesenderen Ausdruck an. Wer diesen Blick beständig sah, konnte unmöglich glauben, daß Ingrid ruhig und sittsam zu Hause sitzen bleiben würde. Es ist ja auch nicht gerade schwer, einem Menschen anzusehen, ob er sich behaglich fühlt oder ob er sich fortsehnt. Es braucht nur ein kleiner Strahl des Glücks aus den Augen zu dringen, wenn er von der Arbeit kommt, oder sich am Feuer niederläßt. Aber aus Ingrids Augen drang kein

Freudenstrahl, außer wenn sie den angeschwollenen Gebirgsbach sah, der überschäumend den Wald herunterkam; er war es ja, der den Weg für sie bahnte.

Eines Tages war Ingrid mit Karin Landberg allein, und da erzählte sie dieser von ihrem Leben auf Munkhyttan. Karin erschrak heftig. Wie hatte Ingrid das aushalten können?

Karin Landberg war, wie schon gesagt, im Begriff, sich zu verheiraten, und sie war nun auf dem Punkt angekommen, daß sie von nichts anderem reden konnte, als von ihrem Liebsten. Sie wußte nichts, was sie nicht von ihm gehört hatte, und sie konnte nichts tun, ohne ihn vorher zu fragen.

Da fiel ihr ein, daß Olof in Beziehung auf diese Geschichte eine Bemerkung gemacht hatte, die sie vielleicht benützen konnte, um Ingrid abzuschrecken, im Falle diese wirklich den Verrückten lieb gewonnen hätte.

Sie begann ihr daher vorzustellen, wie verrückt dieser Gunnar Hede in Wirklichkeit sei. Olof habe ihr erzählt, daß er, als er im Herbst auf dem Jahrmarkt gewesen sei, ein paar Herren getroffen habe, die gesagt hätten, der »Geißbock« sei gewiß nicht verrückt. Er tue bloß so, um die Käufer anzulocken. Olof aber habe behauptet, er sei wirklich geistig gestört. Und um es zu beweisen, sei er auf den Viehmarkt gegangen und habe eine elende kleine Ziege gekauft. Ja, da habe man es gleich sehen können! Olof hatte nichts weiter zu tun brauchen, als die Ziege vor sich auf den Tisch zu stellen, wo Hede seine Messer ausgelegt hatte, als dieser auch schon von seinem Sack und seinen Waren weg auf und davon lief. Und alle hätten furchtbar gelacht, als sie sahen, welche Angst ihn erfaßte. Und es sei daher ganz unmöglich, daß Ingrid einen lieb haben könne, der so verrückt sei.

Es war vielleicht unvorsichtig von Karin, daß sie Ingrid nicht ein einziges Mal anschaute, während sie diese Geschichte erzählte. Wenn sie gesehen hätte, wie die andere die Stirn runzelte, wäre es ihr vielleicht eine Warnung gewesen.

»Und Du willst einen Mann heiraten, der so etwas getan hat?« sagte Ingrid. »Ich glaube, da wäre es noch besser, den ›Geißbock‹ selbst zu heiraten.«

Dies wurde von Ingrid in vollem Ernst gesagt, und es war sehr sonderbar, daß sie, die sonst so mild war, etwas so hart sagen konnte, daß es Karin ordentlich ins Herz schnitt. Mehrere Tage nachher war sie noch ganz ängstlich, Olof sei am Ende doch nicht so, wie sie wünschte. Der Gedanke verbitterte Karin förmlich das Leben, bis sie sich entschloß, Olof alles zu erzählen, der dann so lieb und gut war, daß es sie ganz beruhigte.

Im Wermland auf den Frühling zu warten, ist nichts leichtes. Man kann einen sonnigen und warmen Abend haben und doch am nächsten Morgen die Felder weiß von Schnee finden. Stachelbeerbüsche und Rasenflächen können grün werden, aber der Birkenwald bleibt kahl und will einfach nicht ausschlagen.

Zu Pfingsten war es Frühling im Tal, aber Ingrids Gebete hatten doch nicht geholfen. Nicht eine einzige Sennerin war in den Wald hinaufgezogen, kein Sumpf war ausgetrocknet, es war unmöglich, auf den Waldwegen durchzukommen.

Am Pfingstfest war Ingrid mit ihrer Pflegemutter in der Kirche. Des hohen Festtages wegen waren sie im Wagen hinausgefahren.

Früher war es Ingrids größte Freude gewesen, in vollem Galopp auf dem Kirchplatz anzukommen, wo alle, die auf der Mauer und am Wege standen, den Hut abnahmen und grüßten, und die, so mitten auf der Straße waren, mit großen Sätzen zur Seite sprangen, als seien sie ganz entsetzt.

Jetzt aber freute sie sich über nichts mehr. Die Sehnsucht nimmt der Rose den Duft und dem Mond den Glanz, heißt es im Sprichwort.

Aber sie freute sich doch über das, was sie in der Kirche hörte. Es tat ihr wohl, als sie vernahm, wie die Jünger durch ein Wunder der Freude getröstet wurden. Sie fühlte sich beglückt, daß Jesus die trösten will, die sich in Sehnsucht nach ihm verzehren.

Während nun Ingrid und alle die anderen in der Kirche saßen, kam ein Mann in der Tracht der Bauern aus Dalarne des Weges daher. Er ging im Pelz und hatte den schweren Kramsack auf dem Rücken wie einer, der den Winter nicht vom Sommer, und den Sonntag nicht vom Werktag unterscheiden kann. Er ging nicht in die Kirche, sondern schlich in großer Angst an den Pferden, die an der Hecke angebunden standen, vorbei und in den Kirchhof hinein.

Hier setzte er sich auf ein Grab und dachte an all die Toten, die noch schliefen, sowie an seine Tote, die wieder zum Leben erwacht war. Er saß noch da, als die Leute aus der Kirche kamen.

Karin Landbergs Olof war einer der ersten, der heraustrat, und als er seinen Blick über den Kirchhof hinschweifen ließ, entdeckte er den Dalekarlier. Es wäre schwer zu entscheiden, ob es Neugierde oder etwas anderes war, was ihn trieb, aber er ging hin, um mit dem Manne zu reden. Er wollte sehen, ob es möglich sei, daß er, der geheilt sein sollte, wieder wahnsinnig geworden war.

Und es *war* möglich. Er erzählte dem jungen Bräutigam sogleich, daß er hier sitze, um auf eine zu warten, die Grablilie heiße. Sie werde kommen und ihm vorspielen. Sie könne so spielen, daß die Sonne tanze und die Sterne sich im Kreise drehten.

Da sagte Karin Landbergs Olof zu ihm, daß die, die er erwarte, drüben auf dem Kirchplatz stehe. Er brauche nur aufzustehen, dann könne er sie sehen. Sie werde sich gewiß freuen, wenn sie ihn wiederfinde.

Die Pfarrerin und Ingrid wollten eben einsteigen, als ein großer Bauer aus Dalarne auf sie zustürzte. Er lief in aller Eile trotz all der Pferde, vor denen er sich verneigen mußte, und er winkte dem jungen Mädchen eifrig mit der Hand.

Und sobald Ingrid ihn sah, blieb sie ganz still stehen. Sie hätte selbst nicht sagen können, ob die Freude, ihn wiederzusehen, größer sei, oder der Schmerz darüber, daß er von neuem wahnsinnig geworden war; sie vergaß nun alles andere auf der Welt.

Und ihre Augen fingen an zu strahlen. In diesem Augenblicke sah sie sicherlich nichts von dem armen, elenden Menschen, sie fühlte gewiß nichts anders als die Nähe der edlen Seele, nach der sie sich krank gesehnt hatte.

Der Platz um sie her war voller Kirchgänger, und alle sahen Ingrid unverwandt an. Keiner konnte seine Augen von ihrem Gesicht abwenden. Sie rührte sich nicht, um ihm entgegen zu gehen, sie blieb nur stehen und erwartete ihn. Aber alle, die sahen, wie sie vor Glück strahlte, hätten beinahe geglaubt, es sei ein großer, schöner Mensch, und nicht ein armer Verrückter, der auf sie zukam.

Die Leute sagten später, es habe beinahe ausgesehen, als sei ein Band vorhanden zwischen seiner und ihrer Seele, ein geheimes Band, das so tief unter dem Bewußtsein verborgen liegen müsse, daß kein Menschenverstand bis dahin dringen könne.

Aber als Hede nur noch ein paar Schritte von Ingrid entfernt war, umfaßte ihre Pflegemutter sie mit raschem Griff, hob sie auf und setzte sie in den Wagen. Sie wünschte hier auf dem Kirchplatz im Beisein so vieler Menschen kein Wiedersehen zwischen den beiden. Und sobald sie im Wagen saßen, trieb der Kutscher die Pferde an und fuhr im Galopp davon.

Ein paar gräßliche, wilde Schreie tönten ihnen nach.

Die Pfarrerin dankte Gott, daß sie das Mädchen neben sich im Wagen hatte.

Der Nachmittag war noch nicht weit vorgeschritten, als ein Bauer im Pfarrhaus erschien, der den Pfarrer zu sprechen verlangte. Er kam, um sich wegen des verrückten Dalekarliers Rat zu erholen; dieser sei wieder tobsüchtig geworden, so daß man ihn habe binden müssen. Was würde nun der Herr Pfarrer raten? Was sollte man mit ihm anfangen?

Der Pfarrer konnte ihnen nur raten, den Kranken nach Hause zu schaffen. Er sagte dem Bauer, wer er sei und wo er wohne.

Später am Abend erzählte er Ingrid, wie sich alles verhielt. Er hielt es für das beste, ihr die Wahrheit zu sagen, dann würde sie wohl zur Vernunft kommen.

Aber als die Nacht anbrach, sah Ingrid ein, daß sie keine Zeit mehr habe, noch länger auf den Frühling zu warten. Und so machte sich das arme Kind auf den Weg, um auf der Landstraße nach Munkhyttan zu wandern. Sie hoffte, auch auf diesem Wege ihr Ziel zu erreichen, obgleich es noch einmal so weit war, als der Pfad durch den Wald.

10.

Es war am Nachmittag des Pfingstmontags. Ingrid wanderte auf der Landstraße dahin. Die Gegend war anmutig; niedrige Berge und kleine Birkengehölze fanden sich zwischen den Äckern oder auch mitten darin. Ebereschen und Ahlkirschen waren in voller Blüte, an den Espen schimmerten zarte, klebrige Blättchen, in den Gräben an der Landstraße rieselte klares Wasser, und die frisch gewaschenen Steine auf dem Boden glitzerten und glänzten.

Ingrid dachte mit tiefem Leid an den, der von neuem wahnsinnig geworden war. Sie grübelte darüber nach, ob sie etwas für ihn tun könne, fragte sich, ob es wohl nützen würde, daß sie auf diese Weise von zuhause weggegangen war.

Sie war hungrig und müde, ihre Schuhe fingen an zu zerreißen. Sie dachte, es wäre wohl am besten, wenn sie wieder umkehrte, sie würde ja doch nie ihr Ziel erreichen.

Je länger sie ging, desto betrübter wurde sie. Unwillkürlich drängte sich ihr der Gedanke immer wieder auf, daß es nicht viel helfen würde, wenn sie jetzt käme, jetzt, wo er den Verstand wieder ganz verloren hatte. Jetzt war es sicher zu spät und vollständig hoffnungslos, noch etwas zu versuchen.

Aber sobald sie ans Umkehren dachte, tauchte Hedes Gesicht dicht neben ihrer Wange auf, wie sie es so oft schon gesehen hatte. Da regte sich die Hoffnung wieder in ihr; sie glaubte, er rufe ihr, und eine große Zuversicht und Gewißheit, daß sie ihm doch noch helfen könne, stieg in ihrem Herzen auf.

Gerade als Ingrid den Kopf aufrichtete und etwas weniger betrübt aussah, kam ihr ein sonderbarer Aufzug entgegen.

Ein kleines Pferd zog einen Karren, auf dem Karren saß eine dicke Madame, und daneben ging ein magerer alter Mann mit einem langen Schnurrbart.

Hier draußen auf dem Lande, wo sich niemand auf Kunst verstand, legten Herr und Frau Blomgren es immer darauf an, wie einfache Bürgersleute auszusehen. Der Karren, mit dem, sie umherzogen, war sorgfältig überspannt, niemand konnte ahnen, daß er nichts anderes enthielt als Feuerwerkskörper, Zauberapparate und Marionettenpuppen.

Niemand konnte wissen, daß die dicke Alte, die hoch oben auf der Ladung saß und wie eine behäbige Bürgersfrau aussah, die frühere Miß Viola war, die einst durch die Lüfte flog, oder daß der Mann, der daneben herging und den Eindruck eines verabschiedeten Soldaten machte, derselbe Herr Blomgren war, der die Einförmigkeit des Wanderns manchmal dadurch unterbrach, daß er eine Volte über das Pferd weg schlug, oder die Zeisige und Drosseln, die in den Bäumen am Wege sangen, durch Bauchrednerkünste so neckte, daß sie ganz rasend wurden.

Das Pferd war ein ganz kleines Geschöpf, das früher ein Karussel gedreht hatte und nun nie weiter gehen wollte, wenn es keine Musik hörte. Deshalb saß Frau Blomgren meistens auf dem Karren und blies auf der Mundharmonika. Sobald sie aber jemand begegneten, steckte sie sie in die Tasche, damit niemand auf den Gedanken käme, sie gehörten zu der Sorte von Künstlern, vor denen niemand im Dorfe Respekt hat. Auf diese Weise kamen sie nicht besonders rasch vorwärts, sie hatten aber auch keine Eile.

Ihr blinder Geigenspieler mußte ein Stück hinter ihnen wandern, damit er nicht verrate, daß er auch zur Gesellschaft gehöre. Dieser Blinde hatte als Führer einen kleinen Hund; es war ihm verboten worden, sich von einem Kinde führen zu lassen. Dies hatte Herr und Frau Blomgren beständig an ein kleines Mädchen erinnert, das Ingrid hieß, und das wäre ihnen zu schmerzlich gewesen.

Jetzt, wo es Frühling wurde, zogen sie alle aufs Land hinaus. Denn, mochten auch Herrn und Frau Blomgrens Verdienste in den Städten noch so gut sein, um diese Jahreszeit *mußten* sie hinaus aufs Land. Sie waren eben Künstler, Herr und Frau Blomgren!

Sie erkannten Ingrid nicht wieder, und diese ging zuerst an ihnen vorüber, ohne zu grüßen, denn sie hatte Eile und fürchtete, aufgehalten zu werden. Aber sogleich schlug ihr das Gewissen, daß dies häßlich und herzlos von ihr sei, und sie wandte wieder um.

Wenn Ingrid imstande gewesen wäre, sich über irgendetwas zu freuen, so hätte sie es beim Anblick der Freude dieser beiden alten Leute über das Zusammentreffen tun müssen. Und dann entspann sich eine lange Unterhaltung im schrecklichsten Rotwelsch. Einmal ums andere wandte das Pferdchen den Kopf, um zu sehen, ob an dem Karussel etwas zerbrochen sei.

Merkwürdigerweise war Ingrid die, die am meisten sprach. Die Alten sahen natürlich sogleich, daß sie geweint hatte, und sie wurden so betrübt darüber, daß sie ihnen notgedrungen alles, was sie erlebt hatte, erzählen mußte.

Aber es war ihr eine Linderung, diesen Leuten alles erzählen zu dürfen, denn sie hatten ihre eigene Art, alles aufzufassen. Sie klatschten in die Hände, als sie hörten, wie Ingrid aus dem Grabe herauskam, und als sie erzählte, wie furchtbar sie die Pfarrerin durch ihr Erscheinen erschreckt hatte.

Sie liebkosten und lobten sie, daß sie aus dem Pfarrhaus entflohen war. Nichts erschien ihnen schwer und traurig, alles war leicht und hoffnungsvoll.

Es fehlte ihnen geradezu jeglicher Maßstab für die Wirklichkeit, und deshalb empfanden sie deren Härte in keiner Weise. Alles, was sie hörten, verglichen sie mit Puppentheaterstücken und Pantomimen. Etwas

Kummer und Elend kam ja auch in den Pantomimen vor; aber das geschah nur, um die Wirkung zu erhöhen. Und selbstverständlich mußte alles gut ausgehen; in den Pantomimen ging immer alles gut aus.

Es lag etwas Ansteckendes in dieser Hoffnungsfreudigkeit. Ingrid wußte zwar, daß Herr und Frau Blomgren durchaus nicht verstanden, wie unglücklich sie sich fühlte, aber es war doch eine Aufmunterung, sie so sprechen zu hören.

Und sie bekam auch wirkliche Hilfe von ihnen. Sie erzählten ihr, sie hätten erst vorhin in einem Wirtshaus in Torsaker zu Mittag gegessen, und als sie eben vom Tisch aufstanden, seien ein paar Bauern mit einem Verrückten angefahren gekommen. Frau Blomgren könne keinen Wahnsinnigen sehen, deshalb habe sie gleich abreisen wollen, und Herr Blomgren habe ihrem Wunsche willfahrt. Aber am Ende sei dieser arme Mensch wirklich Ingrids Verrückter gewesen!

Und kaum hatten sie dies gesagt, als auch Ingrid sagte, dies sei sehr wahrscheinlich, und sie wollte die alten Leute nun schnell verlassen. Aber da fragte Herr Blomgren seine Gattin in seiner feierlichen Weise, ob sie denn nicht einzig und allein des Frühlings wegen draußen seien, und ob es nicht ganz gleichgültig für sie sei, wohin sie führen. Und Frau Blomgren fragte ihrerseits nicht minder pathetisch, ob er glaube, sie werde ihre geliebte Ingrid verlassen, ehe diese den Hafen ihres Glückes erreicht habe?

Also mußte das Karusselpferd umdrehen, und die Unterhaltung wurde nun viel schwieriger, weil die Mundharmonika wieder gespielt werden mußte. Sobald Frau Blomgren etwas sagen wollte, mußte sie das Instrument Herrn Blomgren übergeben, und wenn Herr Blomgren sprechen wollte, reichte er es wieder seiner Frau. Und das kleine Pferd hielt jedesmal an, so oft die Harmonika von Mund zu Mund ging.

Aber während der ganzen Zeit versuchten die guten Leute nur, Ingrid zu trösten. Sie kramten alle Märchen aus, die je auf ihrem Puppentheater aufgeführt worden waren. Sie trösteten sie mit dem Dornröschen, sie trösteten sie mit dem Aschenbrödel. Sie trösteten sie mit allen Märchen der Welt.

Herr und Frau Blomgren betrachteten Ingrid unverwandt, als sie sahen, daß ihre Augen allmählich zu glänzen begannen.

»Künstleraugen!« sagten sie und nickten einander vergnügt zu. »Was haben wir gesagt? Künstleraugen!«

Auf unerklärliche Weise hatten sie es so aufgefaßt, als sei Ingrid eine der Ihrigen geworden, eine, die zu der Kunst gehöre, und die nun in einem Drama mitspiele. Und das war ein Triumph auf ihre alten Tage.

Weiter ging es, so schnell als möglich. Das alte Paar hatte nur die eine Sorge, daß Ingrids Verrückter nicht mehr in dem Wirtshaus sein könnte.

Die beiden Bauern aus Raglanda, die mit dem Tobsüchtigen gekommen waren, hatten ihn in eines der Gastzimmer geführt und eingeschlossen, während sie auf frische Pferde warteten. Als sie ihn verließen, waren ihm die Hände fest auf den Rücken gebunden; aber wie er es nun auch angefangen haben mochte, jedenfalls war es ihm geglückt, seine Hände aus der Fessel zu ziehen, und als die Männer wieder hineinkamen, um ihn zu holen, stand er frei und ledig da, hatte in heller Tobsucht einen Stuhl als Waffe ergriffen, um auf jeden loszuschlagen, der ihm nahe käme. Die Bauern hatten nichts anderes tun können, als zu flüchten und die Tür wieder hinter sich zu verriegeln.

Nun warteten sie, daß der Wirt und seine Knechte nach Hause kommen sollten, damit sie stark genug wären, um ihn wieder zu fesseln.

Trotz alledem erlosch die Hoffnung, die die alten Freunde in Ingrid erweckt hatten, doch nicht ganz. Sie begriff zwar wohl, daß Gunnar Hede schlimmer war als je zuvor, aber sie hatte es nicht anders erwartet. Sie hoffte noch immer. Nicht die Märchen der alten Leute waren es, sondern ihre große Liebe, die ihr neuen Mut einflößte.

Sie bat die Bauern, sie zu Hede hineinzulassen, indem sie ihnen sagte, daß sie ihn kenne und daß er ihr nichts zu Leide tun werde. Aber die Bauern erwiderten, daß *sie* nicht auch verrückt seien. Der da drinnen würde jeden sofort totschlagen, der zu ihm hineinkäme, ohne sich verteidigen zu können.

Lange saß Ingrid schweigend und nachdenklich da. Sie dachte daran, wie wunderbar es doch sei, daß sie gerade heute mit Herrn und Frau Blomgren zusammengetroffen war. Das mußte doch gewiß eine besondere Bedeutung haben. Sie wäre ihnen sicherlich nicht begegnet, wenn es nicht etwas Besonderes zu bedeuten hätte.

Und Ingrid sann darüber nach, auf welche Weise Hede das erstemal gesund geworden war. Konnte sie ihn jetzt nicht vielleicht auch dazu bringen, etwas zu tun, das ihn an frühere Tage erinnern und von seinen Wahnvorstellungen abziehen könnte? Sie grübelte und grübelte – –

Herr und Frau Blomgren saßen auf einer Bank vor dem Wirtshaus und sahen unglücklicher aus, als man hätte für möglich halten sollen. Sie waren dem Weinen nahe.

Da kam Ingrid, ihr »Kind«, lächelte sie an, wie nur sie lächeln konnte, streichelte ihnen die alten runzeligen Wangen und bat sie, ihr doch die große Freude zu machen und sie eine von den Vorstellungen sehen zu lassen, bei denen sie früher jeden Tag selbst dabei gewesen war. Das würde ihr ein gar großer Trost sein.

Zuerst schlugen sie es ihr ab, denn sie waren ja gar nicht in ihrer richtigen Künstlerlaune, aber nachdem Ingrid sie noch ein paarmal angelächelt hatte, konnten sie nicht länger widerstehen. Sie gingen zu ihrer Ladung und packten die Trikotanzüge aus.

Als sie fertig waren und den Blinden herbeigerufen hatten, wählte Ingrid den Ort zu der Vorstellung aus. Sie wollte nicht, daß sie auf dem Platz vor dem Wirtshaus auftraten, sondern führte sie in den Garten des Wirtes, denn bei dem Wirtshaus war ein Garten. Allerdings bestand er hauptsächlich aus Gemüsebeeten, wo noch nichts aufgegangen war, aber da und dort stand ein blühender Apfelbaum. Und Ingrid sagte zu Herrn und Frau Blomgren, sie möchte sie am liebsten unter einem blühenden Apfelbaum auftreten sehen.

Ein paar Knechte und Mägde liefen eilends herbei, als sie die Geige hörten, so daß sogar ein kleiner Zuschauerkreis da war. Aber es widerstrebte Herrn und Frau Blomgren doch, aufzutreten. Ingrid begehre zu viel von ihnen, sagten sie. Sie seien wirklich zu betrübt.

Auch sei es ein Unglück, daß Ingrid sie auf die Gartenseite geführt habe. Sie habe gewiß nicht daran gedacht, daß die Gastzimmer auf dieser Seite seien. Frau Blomgren wäre beinahe davongelaufen, als sie hörte, wie in einem der Gastzimmer ein Fenster heftig aufgerissen wurde. Wenn nun der Verrückte die Musik hörte, und wenn er zum Fenster heraussprang und zu ihnen herkam!

Aber Frau Blomgren beruhigte sich, als sie sah, wer am Fenster stand. Es war ein junger Mann von angenehmem Äußeren. Er war in Hemdärmeln, sonst aber ganz ordentlich gekleidet. Sein Blick war ruhig, die Lippen lächelten, und mit der Hand strich er sich das Haar aus der Stirn.

Herr Blomgren arbeitete und war von der Vorstellung so hingenommen, daß er nichts bemerkte; Frau Blomgren aber, die nichts zu tun hatte, als nach allen Seiten Kußhände zu werfen, konnte auf alles acht geben.

Es war doch merkwürdig, wie das Kind plötzlich strahlte. Ihre Augen glänzten wie nie zuvor, und ihr Gesicht war so weiß geworden, daß es förmlich leuchtete. Und all dieser Strahlenglanz war auf den gerichtet, der dort drüben am Fenster stand.

Er besann sich auch nicht lange; er stieg auf das Fensterbrett und sprang zu ihnen heraus. Und er trat zu dem Blinden und bat ihn um seine Geige.

Und Ingrid nahm rasch die Geige aus der Hand des Blinden und reichte sie dem Fremden.

»Spielen Sie den Walzer aus dem Freischütz«, sagte sie.

Da begann der Fremde zu spielen, und Ingrid lächelte, aber sie sah dabei so überirdisch aus, daß Frau Blomgren glaubte, das Mädchen könne sich in einen Sonnenstrahl auflösen und davonfliegen.

Sobald jedoch Frau Blomgren den Fremden spielen hörte, erkannte sie ihn wieder.

»Ach so«, sagte sie zu sich selbst, »hängt es so zusammen? Ist er es? Deshalb also wollte sie uns alte Menschen auftreten sehen!«

Gunnar Hede, der in seinem Zimmer so tobsüchtig war, daß er am liebsten jemand totgeschlagen hätte, hörte plötzlich Geigenspiel. Und dies führte ihn in eine Begebenheit seines früheren Lebens zurück.

Zuerst konnte er nicht verstehen, wo seine eigene Geige sein könnte, aber dann fiel ihm ein, daß Alin sie mitgenommen hatte; es blieb ihm also nichts anderes übrig, als zu versuchen, ob ihm der Blinde draußen die seinige leihen würde, damit er sich zur Ruhe spielen könnte. Er fühlte sich furchtbar aufgeregt.

Und sobald er die Geige des Blinden in der Hand hatte, begann er zu spielen. Es fiel ihm gar nicht ein, daß er nicht spielen könne, er hatte keine Ahnung davon, daß er seit mehreren Jahren nichts mehr als ein paar kleine, armselige Melodien hatte spielen können.

Er dachte nicht anders, als daß er in Upsala vor dem mit wildem Wein bewachsenen Hause stehe. Und er erwartete, daß die Kunstreiter anfangen würden zu tanzen, gerade wie damals.

Er gab sich Mühe, feuriger zu spielen, um sie zum Tanzen zu zwingen, aber seine Finger waren steif und unbeholfen, und der Bogen wollte ihm nicht recht gehorchen. Er strengte sich so an, daß ihm die Schweißtropfen auf die Stirne traten. Schließlich fand er doch die richtige Melodie, die, nach der sie das letztenmal getanzt hatten. Er spielte sie so rührend, so verlockend, wahrhaft hinreißend.

Aber die alten Akrobaten fingen nicht an zu tanzen. Es war lange her, seitdem sie mit dem Studenten in Upsala zusammengetroffen waren. Sie erinnerten sich nicht mehr, wie begeistert sie damals gewesen waren. Sie hatten keine Ahnung, was er von ihnen erwartete.

Gunnar Hede sah Ingrid an, um eine Erklärung zu bekommen, warum die Kunstreiter nicht tanzten; als er aber ihre Augen so überirdisch strahlen sah, war er so überrascht, daß er aufhörte zu spielen.

Einen Augenblick sah er sich im Kreise um, alle sahen ihn mit solch verwunderten, unruhigen Blicken an.

Es war ihm unmöglich, zu spielen, während die Leute ihn so anstarrten. Da ging er einfach weg. Weiter drin im Garten sah er einige blühende Apfelbäume; dorthin ging er.

Er sah wohl ein, daß nichts mit der Vorstellung, die er eben gehabt hatte, übereinstimmte. Alin hatte ihn nicht eingeschlossen, und er war nicht in Upsala. Der Garten hier war größer, und das Haus war nicht mit rotem Weinlaub bedeckt. Nein, dies konnte nicht Upsala sein.

Aber er kümmerte sich nicht weiter darum, wo er sei. Es war ihm, als habe er seit Jahrhunderten nicht mehr gespielt, und nun habe er endlich wieder eine Geige bekommen. Nun wollte er spielen.

Er legte die Geige an die Wange und fing an. Aber wieder wurde er durch die steifen Bewegungen der Finger gehindert. Er konnte nur die allereinfachsten Melodien spielen.

»Es wird mir nichts weiter übrig bleiben, als wieder ganz von vorne anzufangen«, sagte er.

Und er lächelte und spielte ein kleines Menuett. Das war das erste Stück, das er gelernt hatte. Sein Vater hatte es ihm vorgespielt, und er hatte es nach dem Gehör nachgespielt. Plötzlich sah er den ganzen Vorgang vor sich. Und er hörte auch die Worte: »Der kleine Prinz wollt' tanzen, doch er brach den kleinen Fuß.«

Hierauf versuchte er es mit mehreren leichten Tänzen. Diese hatte er als Schuljunge gespielt, als er aufgefordert worden war, in ein Mädchenpensionat zu kommen und die Tanzübungen der Schülerinnen zu begleiten. Er sah die kleinen Mädchen hüpfen und sich im Kreise drehen und hörte die Tanzlehrerin den Takt dazu mit dem Fuß treten.

Dann wurde er kühner. Er spielte die erste Stimme eines Violinquartetts von Mozart. Er hatte es als Gymnasiast in Falun gelernt. – Und das war so zugegangen: einige alte Herren hatten das Quartett zu einem Konzert eingeübt. Aber die erste Violine war krank geworden, und man hatte ihm die Stimme übertragen, trotz seiner Jugend. Er war nicht wenig stolz darauf gewesen.

Während er so diese kindlichen Hebungen spielte, dachte Gunnar Hede eigentlich an nichts weiter, als seine Finger gelenkig zu machen. Bald jedoch fühlte er, daß etwas Merkwürdiges mit ihm vorging.

Er hatte das deutliche Gefühl, daß in seinem Gehirn eine große Dunkelheit herrschte, die seine Vergangenheit verbarg. Sobald er sich an eine Sache zu erinnern versuchte, war es ihm, als mache er den Versuch, etwas in einem dunklen Zimmer zu finden. Aber wenn er spielte, wich die Dunkelheit teilweise zurück. Ohne daß er daran gedacht hatte, war die Dunkelheit nun so weit zurückgewichen, daß er sich an seine Kinderjahre und Schulzeit erinnern konnte.

Da beschloß er, sich von der Geige leiten zu lassen; vielleicht konnte sie alles Dunkel vertreiben.

Und so geschah es; mit jedem Stück, das er spielte, wich die dunkle Decke etwas weiter zurück.

Die Geige führte ihn vorwärts von einem Jahre zum anderen; sie weckte Erinnerungen an Studien, an Freunde und an Vergnügungen.

Wie eine Mauer stand die Dunkelheit vor ihm; aber wenn er, mit der Geige bewaffnet, auf sie zuging, wich sie Schritt für Schritt zurück. Bisweilen sah er rückwärts, wie um zu sehen, ob sie sich nicht hinter ihm wieder schlösse. Aber hinter ihm war heller Tag.

Jetzt kam die Geige an eine Reihe Duette für Klavier und Violine. Von jedem spielte er nur ein paar Takte. Aber die Dunkelheit wich ein großes Stück zurück; er erinnerte sich seiner Braut, und an die Zeit, wo er verlobt war.

Gerne hätte er hier verweilt, aber es mußte noch viel Dunkelheit weggespielt werden; er hatte keine Zeit zum verweilen.

Er glitt in ein geistliches Lied hinein; dies hatte er einmal gehört, als er betrübt gewesen war. Er entsann sich, daß er in einer Dorfkirche saß, als er es hörte; aber warum war er betrübt gewesen? Weil er als armer Hausierer durchs Land zog. Das war ein hartes Leben, und es war eine bittere Erinnerung.

Wie ein Wirbelwind flog der Bogen über die Saiten und riß wieder ein großes Stück Dunkelheit hinweg. Nun sah er den Zehnmeilenwald, die verschneiten Tiere, die sonderbaren Figuren, die das Schneetreiben aus ihnen gemacht hatte. Er erinnerte sich an die Reise zu seiner Braut, erinnerte sich, wie sie die Verlobung aufhob. Alles tauchte klar vor ihm auf.

Eigentlich fühlte er weder Schmerz noch Freude bei dem, was vor ihm auftauchte. Das wichtigste war, daß er sich überhaupt an etwas erinnern konnte. Das allein war eine unendliche Befriedigung.

Dann aber hörte der Bogen von selbst auf zu spielen; er wollte Hede nicht weiterführen. Und doch war da noch mehr, viel mehr, an das er sich erinnern mußte. Noch immer stand das Dunkel wie eine undurchdringliche Mauer vor ihm.

Er zwang den Bogen zum Weiterspielen. Da spielte dieses zwei kleine unbedeutende Melodien, die allerärmlichsten, die Hede je gehört hatte.

Wie hatte sein Bogen so etwas lernen können?

Vor diesen Melodien wich das Dunkel nicht einen Schritt zurück, sie lehrten ihn so viel wie nichts. Aber von ihnen ging eine Angst aus, wie er seines Wissens nach noch nie eine empfunden hatte. Eine unbegreifliche, fürchterliche Angst, das wahnsinnige Grauen der Verdammten.

Er hörte auf zu spielen, er konnte es nicht mehr ertragen. Was war doch in diesen Melodien? Was war es?

Vor ihnen wich das Dunkel nicht zurück, und das schrecklichste war, daß es ihm vorkam, als ob die Dunkelheit wieder auf ihn zuschwebe und ihn zu verschlingen drohe, sobald er sie nicht mit der Geige zurückdrängte.

Bisher hatte er mit halbgeschlossenen Augen gespielt, jetzt schlug er sie auf und sah hinein in die wirkliche Welt. Da fiel sein Blick auf Ingrid, die während der ganzen Zeit neben ihm gestanden und ihm zugehört hatte.

Und er fragte sie – nicht in der Hoffnung auf eine Antwort, sondern nur um das Dunkel einen Augenblick zurückhalten zu können –:

»Wann habe ich das zuletzt gespielt?«

Ingrid zitterte. Ihr Entschluß war gefaßt. Wie es auch gehen mochte, er sollte die Wahrheit erfahren. Wie es auch gehen mochte, sie würde sie ihm sagen.

Sie war bange, aber mutig war sie auch und sich vollständig klar darüber, was sie wollte. Jetzt sollte er ihr nicht ausweichen, jetzt durfte er nicht von ihr weggleiten.

Aber trotz all ihres Mutes wagte sie es doch nicht, ihm gerade heraus zu sagen, daß dies die Melodien seien, die er gespielt hatte, solange er irrsinnig gewesen war; sie umging also die Frage.

»Du hast sie im Winter daheim auf Munkhyttan gespielt«, sagte sie.

Hede war es, als sei er ganz von Geheimnissen umgeben. Warum sagte das junge Mädchen »du« zu ihm? Sie war kein Bauernmädchen; ihr Haar war nach Art der vornehmen Damen hoch aufgesteckt, mit kleinen Löckchen an den Schläfen. Ihr Kleid war zwar aus selbstgewebtem Stoff, aber sie trug ein feines Spitzentuch um den Hals. Sie hatte eine weiße Haut und kleine Hände. Dies feine Gesicht mit den großen träumerischen Augen konnte keinem Bauernmädchen gehören. Hedes Erinnerung konnte ihm durchaus keinen Aufschluß über sie geben. Warum sagte sie »du« zu ihm? Woher wußte sie, daß er dies zu Hause gespielt hatte?

»Wie heißt Du?« fragte er. »Wer bist Du?«

»Ich bin Ingrid, die Du vor vielen Jahren in Upsala gesehen und getröstet hast, weil sie nicht seiltanzen lernen konnte.«

Dies ging zurück zu der Vergangenheit, die sich für Hede schon gelichtet hatte. Er erinnerte sich ihrer wohl.

»Wie groß und schön Du geworden bist, Ingrid!« sagte er. »Und wie vornehm Du aussiehst! Welch eine prächtige Brosche Du hast!«

Er hatte die Brosche schon eine ganze Weile angesehen. Es war ihm, als müsse er sie kennen; sie war einer Brosche aus Perlen und Emaille, die seiner Mutter gehörte, zum Verwechseln ähnlich.

Das Mädchen erwiderte auch sogleich:

»Die Brosche habe ich von Deiner Mutter bekommen. Du hast sie gewiß früher schon gesehen.«

Jetzt legte Gunnar Hede die Geige weg; er trat auf Ingrid zu und fragte sie in heftiger Erregung:

»Wie kommst Du dazu, ihre Brosche zu tragen? Warum weiß ich nicht, daß Du meine Mutter kennst?«

Ingrid erschrak und wurde todesblaß vor Entsetzen. Sie wußte schon, wie die nächste Frage lauten würde.

»Ich weiß nichts, Ingrid. Ich weiß nicht, warum ich hier bin. Ich weiß nicht, warum Du hier bist. Warum weiß ich es nicht?«

»Ach, frag' mich nicht!«

Sie wich ein paar Schritte zurück und streckte die Hände aus, wie um sich zu schützen.

»Willst Du es nicht sagen?«

»Frag' mich nicht, frag' mich nicht!«

Er erfaßte ihr Handgelenk mit hartem Griff, wie um die Wahrheit herauszupressen.

»Sag' es nur. Ich bin doch völlig bei Sinnen! Warum kann ich mich an so vieles nicht erinnern?«

Sie bemerkte etwas Drohendes und Wildes in seinen Augen. Er wußte nun schon, was sie ihm zu sagen hatte. Aber jetzt kam es ihr ganz unmöglich vor, einem Menschen zu sagen, daß er wahnsinnig gewesen sei. Es war schwerer, als sie geglaubt hatte. Unmöglich war es, unmöglich!

»Sag' es!« herrschte er sie an.

Aber sie hörte seiner Stimme an, daß er es nicht hören wollte. Er wäre imstande gewesen, sie tot zu schlagen, wenn sie es sagte.

Da nahm sie ihre ganze Liebe zusammen, sah Gunnar Hede gerade in die Augen und sagte:

»Du bist nicht ganz bei Verstand gewesen!«

»Wirklich? Wie lange denn?«

»Ich weiß es nicht genau. Vielleicht drei, vier Jahre – –«

»Bin ich ganz verrückt gewesen?«

»Nein, nein. Du hast eingekauft und verkauft und bist auf den Jahrmärkten gewesen.«

»In welcher Weise war ich denn verrückt?«

»Du hast Dich gefürchtet.«

»Vor wem habe ich mich gefürchtet?«

»Vor Tieren – –«

»Vor Geißen vielleicht?«

»Ja, am meisten vor Geißen.«

Noch immer hielt Hede Ingrids Handgelenk fest umspannt. Nun schleuderte er ihre Hand weg, er schleuderte sie förmlich weg. In rasendem Zorn wandte er sich von ihr ab, als hätte sie ihm auf hinterlistige Weise eine böswillige Verleumdung mitgeteilt.

Aber dies Gefühl wich einem anderen, das ihn noch mehr erregte. Vor seinen Augen sah er, so deutlich als wäre es ein gemaltes Bild, einen großen Bauern aus Dalarne, gebeugt unter der Last eines ungeheuren Sackes. Er ist im Begriff, in ein Bauernhaus einzutreten, aber ein elender kleiner Hund fährt auf ihn los. Der Mann bleibt stehen, knickst und knickst und wagt nicht hineinzugehen, bis der Bauer lachend aus dem Haus herauskommt und den Hund fortjagt.

Als Gunnar Hede all dies sah, ergriff ihn die entsetzliche Angst aufs neue.

Vor dieser Angst verschwand das Bild, aber nun kamen Stimmen. Sie schreien und rufen um ihn her. Sie lachen und Schimpfworte regnen auf ihn herab. Am lautesten und häßlichsten schreien schrille Kinderstimmen. Ein Wort ist es, ein Name, der immer wiederkehrt, der gebrüllt, gerufen, geflüstert wird und ihm in den Ohren gellt.

»Geißbock, Geißbock!«

Und all dies galt ihm, ihm, Gunnar Hede! So hatte er gelebt! Mit vollem Bewußtsein fühlte er jetzt dieselbe unsägliche Angst, unter der er gelitten hatte, solange er wahnsinnig war. Aber nun war es nicht die Angst vor etwas von außen her; nun hatte er Angst vor sich selbst.

»Das war ich! Das war ich!« stöhnte er und rang die Hände.

Im nächsten Augenblick lag er vor einer kleinen Bank auf den Knien, legte den Kopf darauf und weinte, weinte – –

»Das war ich«, klagte er schluchzend. »Das war ich!«

Woher sollte er den Mut nehmen, das zu ertragen?

Ein verlachter, verspotteter Verrückter!

»Ach, laß mich wieder wahnsinnig werden!« rief er und schlug mit der Faust auf die Bank. »Das ist mehr, als ein Mensch ertragen kann!«

Er hielt einen Augenblick den Atem an. Das Dunkel kam wieder heran wie ein herbeigerufener Retter. Wie ein Nebel wallte es ihm entgegen. Seine Lippen verzerrten sich zu einem Lächeln. Er fühlte, wie seine Züge schlaff wurden und sein Blick wieder den Ausdruck des Irrsinns annahm.

Aber dies war besser; das andere war nicht zu ertragen. Ein verlachter, verspotteter Verrückter, auf den man mit Fingern deutete! Nein, da war es besser, es wirklich zu sein, ohne es zu wissen. Warum sollte er zurück ins Leben? Jedermann würde ihn verabscheuen!

Die ersten leichten, flatternden Nebelschleier des Dunkels legten sich um ihn.

Ingrid stand neben ihm, hörte und sah seine Angst und dachte nicht anders, als daß bald alles aufs neue verloren sein würde.

Sie sah deutlich, daß der Wahnsinn ihn wieder zu ergreifen drohte.

Und ihr war so angst, so angst, ihr ganzer Mut war dahin.

Aber ehe er seinen Verstand wieder verlor und so verschüchtert wurde, daß auch sie ihm nicht mehr nahe kommen durfte, wollte sie wenigstens Abschied von ihm nehmen, von ihm und all ihrem Glück.

Gunnar Hede fühlte, wie Ingrid sich neben ihm auf die Knie niederließ, den Arm um seinen Hals legte, ihre Wange an die seine drückte und ihn küßte.

Sie hielt sich nicht für zu gut, ihm nahe zu kommen, ihm, dem Verrückten! Sie hielt sich nicht für zu gut, ihn zu küssen!

Ein schwaches Zischen erklang aus dem Dunkel heraus; die leichten Nebelschleier wichen zurück, und da schienen es Schlangenhäupter zu sein, die auf ihn gerichtet waren und die nun vor Wut zischten, daß sie ihn nicht hatten beißen können.

»Nimm es nicht so schwer«, sagte Ingrid. »Nimm es nicht so schwer. Niemand denkt mehr an das Vergangene, wenn Du nur gesund bist.«

»Ich will wieder wahnsinnig werden!« stöhnte er. »Ich kann es nicht aushalten! Ich kann den Gedanken, wie ich gewesen bin, nicht ertragen!«

»Doch, Du kannst es«, sagte Ingrid.

»Nein, niemand kann das vergessen«, jammerte er. »Ich war zu schrecklich. Niemand kann mich lieb haben.«

»Ich habe Dich lieb«, sagte sie.

Zweifelnd schaute er auf.

»Du hast mich geküßt, damit ich nicht wieder wahnsinnig werden sollte. Du hast Mitleid mit mir.«

»Ich will Dich gerne noch einmal küssen«, sagte sie.

»Ja, das sagst Du nur, weil Du weißt, daß ich es hören will.«

»Willst Du hören, daß Dich jemand lieb hat?«

»Ob ich es hören will? Lieber Gott, ob ich es hören will? Ach, Du Kind!« sagte er und riß sich von ihr los. »Wie soll ich das Leben ertragen, da ich doch weiß, daß jeder Mensch, der mich sieht, sogleich denken wird: Der ist verrückt gewesen. Er hat sich vor Hunden und Katzen verbeugt.«

Und dann brach es von neuem los; er lag wieder am Boden, das Gesicht in die Hände vergraben und weinte laut.

»Es wäre besser, ich würde wieder wahnsinnig. Ich höre, wie sie hinter mir herschreien, und ich sehe mich selbst. Und dies ist Angst, Angst, Angst – –«

Nun aber riß Ingrid die Geduld.

»Ja, das ist recht, werde nur wieder verrückt!« rief sie. »Es ist ja so echt männlich, wieder verrückt werden zu wollen, um von einem bißchen Angst befreit zu werden!«

Sie biß sich auf die Lippen und kämpfte mit dem Weinen, und da sie die Worte nicht schnell genug herausbrachte, ergriff sie ihn an den Armen und schüttelte ihn.

Sie war erbittert, außer sich vor Zorn, weil er ihr aufs neue entfliehen, weil er nicht ringen und kämpfen wollte.

»Was kümmerst Du Dich um mich, was kümmerst Du Dich um Deine Mutter! Werde nur wieder verrückt, dann bekommst Du Ruhe!«

Sie schüttelte ihn noch einmal.

»Um der Angst zu entgehen, sagst Du. Aber hat sie nicht auch Angst gehabt, sie, die ihr ganzes Leben lang auf Dich gewartet hat, ohne daß Du kamst! Wenn Du außer für Dich selbst, auch noch für jemand anders ein Herz hättest, könntest Du den Kampf mit Deiner Krankheit wohl aufnehmen und gesund werden. Aber Du hast kein Herz für andere!

In Gesichten und Träumen kannst Du so schön und rührend um Hilfe flehen, in Wirklichkeit aber willst Du keine Hilfe haben. Da bildest Du Dir ein, Dein Leiden sei das schwerste auf Erden. Aber es gibt noch andere, die es schwerer gehabt haben als Du.«

Endlich schlug Gunnar die Augen auf und sah ihr voll und aufmerksam ins Gesicht. Sie war in diesem Augenblick nichts weniger als schön. Die Tränen strömten ihr die Wangen herab, und ihr Mund bebte, während sie sich Mühe gab, vor Schluchzen die Worte herauszubringen.

Ihn aber deuchte es schön, als er sie so aufgeregt sah. Eine merkwürdige Ruhe überkam ihn und eine große, demütige Dankbarkeit. Etwas Großes und Herrliches hatte sich ihm genaht, gerade in seiner tiefsten Erniedrigung. Das mußte eine große Liebe sein, eine große Liebe!

Er klagte über sein Elend, und da stand auch schon die Liebe vor seiner Tür und klopfte an. Und es war nicht nur so, daß er bloß geduldet werden sollte, wenn er wieder zum Leben zurückkehrte, nicht nur so, daß die Leute es zur Not lassen konnten, ihn auszulachen.

Hier war wirklich ein Mädchen, das ihn liebte, das sich nach ihm sehnte. Sie sprach harte Worte zu ihm, aber er hörte die Liebe in einzelnen Worte beben. Ihm war, als biete sie ihm Throne und Königreiche.

Dieses Mädchen erzählte ihm, daß er ihr, während er wahnsinnig gewesen war, das Leben gerettet habe. Er habe sie vom Tode erweckt, habe sie geführt, sie beschützt. Aber das genüge ihr nicht. Sie wolle ihn selbst besitzen.

Als sie ihn küßte, hatte sie gefühlt, wie sich ein lindernder Balsam auf seine kranke Seele legte, aber er wagte noch immer nicht zu glauben, daß es die Liebe sei, die sie dazu getrieben hatte. Als er jedoch ihren Zorn und ihre Tränen sah, konnte er nicht länger zweifeln. Er wurde geliebt, er, der arme, elende Mensch, er, der jedermann zum Spott gewesen war!

Und vor der großen, innigen Glückseligkeit, die dieses Bewußtsein in Hede erweckte, entwich das letzte Dunkel in seiner Seele. Es glitt zur Seite wie ein schwerer Vorhang, und deutlich sah er das Reich des Entsetzens vor sich, das er durchwandert hatte. Aber mitten drin fand er auch Ingrid, da hob er sie aus dem Grabe, da spielte er ihr vor der Waldhütte, da arbeitete sie mit ihm, um ihn zu heilen.

Aber nicht nur die Erinnerung an sie kehrte zurück; gleichzeitig erwachten auch die Gefühle, die sie ihm früher eingeflößt hatte. Er fühlte sich durchströmt von Liebe, und er fühlte dieselbe brennende Sehnsucht, die sich seiner auf dem Kirchplatz von Raglanda bemächtigt hatte, als sie ihm da entrissen worden war.

In dem Reich des Schreckens, in der großen Wüste war ihm doch eine Blume erblüht, die ihn mit ihrem Duft und mit ihrer Schönheit getröstet hatte. Und nun erkannte er, daß die Liebe beständig in ihm lebendig geblieben war. Die wilde Pflanze der Wüste hatte sich in den Garten des Lebens versetzen lassen, sie hatte Wurzel geschlagen und wuchs und gedieh. Und als er dies fühlte, wußte er, daß er gerettet sei, daß das Dunkel von einem Stärkeren überwunden worden war.

Ingrid war verstummt. Sie fühlte sich müde wie nach einer schweren Arbeit, aber sie war auch ruhig, denn sie fühlte, daß sie das Rechte getroffen hatte. Sie wußte, daß sie gesiegt hatte.

Endlich brach Hede das Schweigen.

»Ich verspreche Dir, daß ich aushalten werde«, sagte er.

»Ich danke Dir«, erwiderte sie.

Sonst wurde nichts gesprochen.

Hede war es, als könne er ihr niemals sagen, wie sehr er sie liebe. Worte konnten es nicht sagen, aber er konnte es beweisen mit Taten an jedem Tag und zu jeder Stunde, das ganze, lange Leben hindurch.